JN167663

集英社オレンジ文庫

ゆきうさぎのお品書き

母と娘のちらし寿司

小湊悠貴

本書は書き下ろしです。

もくじ

イラスト／イシヤマアズサ

序章　店開きは試練のはじまり

商い中

七月六日、十一時。

ガラスのドアを開けると、心地のよい冷気が、汗ばんでいた肌をすうっと冷やしてくれた。その冷たさに、ほっと安堵《あんど》の息をつく。

「いらっしゃいませ。あ、タマさん！　久しぶりー」

「星花《せいか》ちゃん、今日はお店番？」

「そ。パートさんが来るまでね。午後は授業があるから」

ショーケースの内側に立ち、玉木碧《たまきあおい》を笑顔で出迎えてくれたのは、桜屋《さくらや》洋菓子店の看板娘にして跡取り娘でもある星花だった。碧よりもふたつ年下で、先月に二十歳《はたち》になった彼女は、都内の製菓専門学校に通うパティシエの卵。ボーイッシュな雰囲気をただよわせている女の子で、小柄《こがら》な碧よりも十五センチほど背が高い。

「外暑かったでしょ。今年の梅雨《つゆ》明け、はやすぎだよね」

「うん、もうここに来るだけで汗だく……」

碧は斜めがけにしていたポシェットから、タオル地のハンカチをとり出した。首筋にじんわりとにじんでいる汗をぬぐう。今年の関東は空梅雨で、東京には例年よりもかなりはやく夏が来ている。美しく咲いていたあじさいはあっという間に色あせてしまい、七月に入ってからは三〇℃を超える真夏日が続いていた。

（雪村《ゆきむら》さんはぐったりしてるみたいだけど……大丈夫かなぁ）

脳裏《のうり》に浮かんだのは、碧が大学に入ってからずっとバイトをしている小料理屋「ゆきうさぎ」の若店主である大樹《だいき》の顔。彼は暑さに弱いため、この気温は堪《こた》えるだろう。店内は冷房が効いているが、隣接する自宅の台所にはついていないそうなので、火を使う料理のときは大変なのだと言っていた。

大樹は接客業をしているだけあって、人当たりがよく性格もおだやかだ。祖母から受け継いだ料理の腕は言わずもがな。誰かのために料理をつくり、おいしいとよろこんでもらえることを何よりも嬉《うれ》しく感じる人である。常連客からも好かれていて、自分もそんな大樹の人柄に触れるたび、少しずつ惹《ひ》かれていった。

大樹は容姿もととのっているため、女性客からの人気が高い。切れ長の目は涼やかで少しきつめの印象があるけれど、実際は礼儀正しく物腰もやわらかい人だ。そのギャップがいいのよと、常連客のおばさまが言っていた。

これまでの自分をふり返ってみれば、恋愛だったと言えるような経験は、中高生のころに気になる同級生や先輩が二、三人いたくらい。そのどれもがあこがれで終わるか、せいぜい友だち止まりで、それ以上の関係になることはなかったけれど……。

――好きなんだよ。タマのことが。

──わたしも雪村さんのことが好きです。だからこれからも一緒にいたいです！

お店の前で貧血を起こした自分を助けてくれた縁で知り合ってから、気づけば三年。大事に育てていた片思いが実ったのは、一週間前のことだった。

大樹とは歳《とし》が七つも離れているし、そういった対象として見てもらえることはないだろうと思っていた。だから告白されたときはびっくりしたけれど、とても嬉しくて、ふわふわと幸せな夢の中にいるような気分になった。

（なんだかいまでも夢みたいに思っちゃうな……）

ふたりでどこかに遊びに行こうという約束はしたが、教員志望の碧は二日後に採用試験の一次選考を控えている。それまでは勉強に集中しなければならないので、バイトにも行っていない。大樹は気を遣ってあまり連絡をしてこないため、この一週間はメッセージアプリで何度か会話をする程度だった。

〈タマ、勉強はかどってるか？〉

〈はい！　って言いたいところなんですけど、もう眠くて……〉

〈あんまり無理するなよ　美味《うま》いもの食べて頑張れ〉

〈試験が終わったらまたバイトに行きますね〉

〈ああ　賄《まかな》い期待してろよ〉

大樹はこういうとき、スタンプや絵文字を使わない。自分ばかり使うのは子どもっぽいかなと思ったものの、特に嫌ではないそうなので、思いっきり押しまくっている。顔を合わせなくても、何気ない会話ができることが楽しかった。

今日は銀行に用事があったので、久しぶりに駅前まで足を伸ばした。ついでに甘いものでも買って帰ろうと、商店街のはずれにある桜屋洋菓子店に寄ったのだ。

「星花ちゃん、何かおすすめある?」

「あるよー。一日から桃フェアはじめたから。今年も伯父《おじ》さんのとこで仕入れてね」

「そっか。星花ちゃんのお母さん、実家が桃農家だったよね」

親戚が果樹園を経営しているおかげで、桜屋洋菓子店はそこで栽培されている果物を格安で仕入れることができる。桃は果物の中では一、二を争うほど好きだが、いかんせんお高めなので、たくさん食べることはできない。このお店は桃を使ったデザートを他店よりも安く売ってくれるから、桃好きの碧にはありがたかった。

桜屋洋菓子店は家族経営の小さなお店で、「ゆきうさぎ」の向かいにある。一時は売り上げ不振に悩んでいたが、食物アレルギーを持つ人やダイエット中の人たちのために、米粉や豆乳、甜菜糖《てんさいとう》などを使った体に優しいケーキを販売することで活路を見出し、現在は経営も安定していた。

かつては駄菓子屋だったお店は、パティシエになった現在の主人——星花の父親が洋菓子店につくり変えた。

内装は奥さんの趣味だろう。ノスタルジックなカントリー調でまとめられていて、パイン材の棚にはギンガムチェックの可愛《かわい》い布が敷かれたカゴが置いてある。その中には手づくりのクッキーやマドレーヌ、ブラウニーといった素朴《そぼく》な焼き菓子の袋がきれいに並べられていた。贈答用の化粧箱に入った詰め合わせも販売している。

(何を買おうかな。わたしとお父さんと……。そうそう、お母さんの仏壇にお供えするプリンも買っていかないと)

三年前に亡くなった母は、このお店のプリンが大好きだった。おいしそうに食べていた母の顔を思い出していたとき、お腹《なか》のあたりがずきりと痛み、思わず手をあてる。

(さっきからなんだろ。食べ過ぎ?)

それほど深刻なものではなかったが、実は朝起きたときから、なんとなく腹部に鈍《にぶ》い痛みを感じていた。最初はみぞおちだったけれど、いまはおへそのまわりだ。

「タマさん、大丈夫? なんか顔色悪いみたい」

「たいしたことないよ。ちょっと暑さでくらっとしただけ」

星花を心配させまいと、碧は笑顔をとりつくろう。痛みはすぐに引いたので、碧は何事もなかったかのようにショーケースに近づいた。

「うわぁ……おいしそう。どれが限定品？」

「これとこれ。あとはこっちもそう。桃フェアはこの段。いまの時季は生クリームやチョコレート系より、果物を使ったお菓子のほうが売れてるね」

磨きこまれたケースの中には、色とりどりのデザートが並べられている。

夏ということもあり、いまはスポンジケーキのラインナップが少ない。代わりに旬の果物をふんだんに使ったお菓子がそろっていた。

今月の限定品は、宝石のようにつややかな赤い実を敷き詰めたさくらんぼのタルト。バレンシアオレンジを使ったムースとゼリーは二層になっていて、上にはシロップ漬けの果肉とミントの葉が飾られていた。自家製のマンゴーピューレとヨーグルトを使用したというう、スフレタイプのクリームチーズケーキにも大いに惹かれる。

「ぜんぶ食べたい……。それに桃フェア、どれも安い！」

「ふふふ。これでもちゃんと利益が出るんだよ。持つべきものは農家の親戚だね」

「星花ちゃんが考えたものはある？」

「案はいっぱい出したけど、OKが出たのは『まるごとピーチケーキ』だけだった」

「それでもすごいよ！　ひとつ買っていくね」

星花がレシピを考案したのは、その名の通り、熟した白桃をまるごとひとつ使った贅沢《ぜいたく》なケーキだ。表面にゼリー液を塗った桃がタルト生地の上にでん！　と載っていて、その存在をこれでもかと主張している。ここからは見えないが、種をくり抜いた部分にはピーチリキュールで風味づけした生クリームがつまっているらしい。

「なんか星花ちゃんらしいケーキだね」

「そう？　さすがに値段はちょっと高くなっちゃったけど……。味は保証するよ」

桃フェアはほかにも、黄桃《おうとう》のミルクプリンに、糖度の高い水蜜桃《すいみつとう》のゼリー、こんがりと焼き色がついたクラフティや、角切りにした桃が入ったロールケーキなどがある。碧はお財布と相談しながら、ほしいものを厳選していった。

「よし、決めた！」

「お買い上げありがとうございまーす！」

ようやく注文すると、星花は上機嫌で、碧が選んだケーキやプリンをトレーの上に載せていった。それから桜をあしらったロゴ入りの箱をてきぱきと組み立て、慣れた手つきで詰めていく。専門学校に入ってからは実家を手伝い、社会勉強のためにほかのパティスリーでもバイトをしているだけあって、流れるような動作だ。

「そうだ。タマさん、このあと時間ある？」

財布からお札を出そうとしていた碧は、ふいに話しかけられて顔を上げる。

「あと五分くらいでパートさんが来るから、大兄《だいにい》のところにご飯食べに行かない？」

「『ゆきうさぎ』に？」

「うん。今週のランチ、あたしまだ食べてないんだ。お昼食べてから学校行っても間に合うし。どうする？」

碧は反射的にお腹に触れた。胃腸の強さには自信があるものの、今日はめずらしく調子がよくない。いつものようにガッツリ食べられそうにはなかったが、お腹に優しいものなら大丈夫だろう。

（お店に行けば雪村さんにも会えるし……）

誘惑に駆られてＯＫすると、星花は「じゃあその間、この箱はうちの冷蔵庫に入れておくね」と言いながらレジを打つ。しばらくしてパートの女性が出勤してきたので、碧はエプロンをはずした星花と一緒に店を出た。

大樹が先代女将《おかみ》である祖母から受け継いだ「ゆきうさぎ」は、横断歩道を挟んだ向かいで営業している。開業してから今年で二十七年目。黒い瓦《かわら》屋根に格子《こうし》の引き戸はおなじみだったが、少し前に新調した白い暖簾《のれん》には、屋号をあしらった可愛らしいうさぎのシルエットが追加されている。

「こんにちはー！」

格子戸を引いた星花が、元気よく挨拶《あいさつ》しながら中に入っていく。お向かい同士ということもあり、大樹と彼女は兄妹《きょうだい》のような気安い関係だ。きっと幼い星花は、大樹から可愛がられたのだろう。そう思うとうらやましい。

「いらっしゃい」

カウンターの内側に立っていた大樹は、星花の後ろから入ってきた碧に気づくと、軽く目を見開いた。顔を合わせるのはお互いに気持ちを伝えたあの日以来だったから、照れくささが先に立つ。

今日の大樹は水色のTシャツに紺のエプロンをつけ、頭にはバンダナを巻いて額を出している。黒地のバンダナはよく見れば、白抜きでうさぎの模様が描かれていた。碧が屋号にちなんだ絵柄の食器を集めているから、影響されたのかもしれない。

「こ、こんにちは」

緊張しながら口を開くと、大樹は碧の心を見透かしたのか、ふっと微笑《ほほえ》んだ。

「ああ。いきなり暑くなったけど、夏バテはしてないか？」

「大丈夫ですよ。わたし意外と暑さには強いから。雪村さんこそ平気ですか？」

「まあな。店の中なら冷房があるし。外に出るのは地獄だけど」

かわす会話は以前となんら変わらない。それでも視線が合うと、お互いの意識が確実に変化していることがわかって、心の奥を羽根の先でくすぐられたような気分になる。

(ああどうしよう。いま変な顔になってるかも!)

大樹は平然としているのに、自分だけ締まりのない顔をさらすのは恥ずかしい。星花の手前もあって、碧はできるだけ平静を装《よそお》いつつカウンターに向かった。自分たちの変化を知る人は、まだ誰もいないのだ。いずれは気づかれるだろうが、もうしばらくはふたりだけの秘密にしておきたかった。

正午以降は近所で働いている人々が押し寄せてくるが、いまはまだ好きな席に座ることができる。星花と並んでカウンター席に腰かけると、お茶とおしぼりを出した大樹が、今週のランチメニューを見せてくれた。

「大兄ー、あたし牛肉の柳川《やながわ》風! これから学校だし、しっかり食べておかないとね」

「わかった。タマは決まったか?」

「そうですね……。梅とろろにゅうめんにしようかな」

碧が答えると、大樹が意外そうな顔をする。普段の碧は、牛丼大盛りを食べたあとにカツ丼大盛りも平らげることができるほど大食いなのだ。

「ええと……。いつもたくさん食べてるし、たまには胃腸を労わろうかなって」

「ああ、なるほど。休肝日みたいなものか」

大樹は納得したようにうなずくと、調理の準備をととのえた。この位置からはその様子をはっきりと見ることができる。

江戸で生まれた柳川鍋に使われているのはどじょうだが、牛肉を使用してもおいしく仕上がる。銅製の平たい親子鍋を手にした大樹は、ささがきにして水にさらし、アクを抜いておいたごぼうを底に敷いた。それから広げた薄切り牛肉を置き、出汁《だし》汁と調味料を混ぜ合わせてつくった煮汁をそそいで火にかける。

ごぼうに火が通ったら、溶き卵を二回に分けて回しかけた。卵と煮汁、そしてごぼうと牛肉の旨味《うまみ》が溶け合った香りがただよい、碧は星花とともに顔をゆるめる。

「お待たせ」

「うわー、おいしそう！」

星花の前に置かれたどんぶりにはご飯が盛りつけられ、その上には絶妙な半熟加減で仕上がった具材が載せられている。とろとろの卵が絡んだごぼうと牛肉は見ているだけで食欲を誘い、三つ葉の緑が色合いを引き締めていた。

「いただきまーす！」

両手を合わせた星花が、嬉しそうに食事をはじめる。

具材はもちろん、ご飯にも煮汁が染みこんでいるはずだから、最後までその味を堪能《たんのう》できるだろう。ごぼうの土臭さが苦手な人も多いが、卵と絡めればその風味がマイルドになって、おいしく食べられると思う。

「こっちはタマのぶん」

「ありがとうございます」

碧が注文したにゅうめんは、奈良県が発祥とされている郷土料理だ。大樹曰《いわ》く「煮麺《にめん》」という言葉が訛《なま》ったそうで、その名の通り素麺《そうめん》を出汁で煮込んだり熱いつゆをかけたりして食べる。夏は冷たくしてもおいしいそうだが、今回はあたたかいものを頼んだ。

「いただきます」

湯気立つお椀の中に入っているのは、透明な汁に浸った素麺と、こんもりとした山芋のすりおろし。そして刻んだ小ネギと梅干しが美しく盛りつけられていた。梅干しは大樹が毎年手づくりしているものだろう。

ふんわりと香る出汁の匂いを楽しみながら、碧は箸《はし》を手にとった。

汁には白出汁が使われていて、控えめにすすってみると、鰹《かつお》や昆布、そして淡口醤油《うすくちしょうゆ》の上品な味が口の中に広がる。あたたかい汁がコシのある細麺にうまく絡み、喉越《のどご》しもよかった。梅干しの果肉はやわらかく、適度に酸味があるので、後味もさっぱりしている。

「とろろもふわふわ……」

「山芋に卵白を混ぜてるんだ。口当たりがいいだろ」

「はい！　素麺もすごくおいしいですね。いつも食べてるものとは全然ちがう」

「機械製麺と手延べだと、だいぶ味が変わるぞ。うちでは奈良からとり寄せた手延べ素麺を使ってるんだ。この種類は火を通しても煮崩れしにくいし、にゅうめんをつくるときはこれがいちばん合ってる」

　食材はどれも大樹が品質をたしかめ、納得できたものだけが使われている。とはいえ商売である以上、採算を度外視するわけにはいかない。大樹はいつも、限られた条件の中で最高の料理をつくれるよう、常に工夫している。努力はしっかり反映されているから、「ゆきうさぎ」のファンは確実に増え続けていた。

　ほっとひと息つける空間で味わう、極上の料理。そしてすぐ近くには、大好きな人の優しい顔。ほんわかとした幸せに包まれながら、碧はゆっくりと食事を進めていく。

「ごちそうさまでした。雪村さんのお料理、やっぱり最高」

　にゅうめんを平らげると、大樹が食後のお茶を出してくれた。暑いからといって冷たいものばかり摂《と》っていれば、お腹の調子もおかしくなってしまうだろう。たまには胃腸に負担をかけない食事や飲み物で、休ませてあげなければ。

(最近はアイスもけっこう食べてたしなー……)

自分の食生活を反省しながら、碧は熱いほうじ茶が入った湯呑《ゆの》みに口をつける。

「そういえば、タマは週末に試験があるんだよな?」

「日曜日ですね」

「手ごたえはありそうか?」

「そうですねー……。ノートが何冊か真っ黒になるくらいには勉強しましたけど。できることはやったし、あとは全力を尽くすだけです」

教員免許は大学で指定の単位をとれば取得できるが、勤務先まで世話をしてもらえるわけではない。免許をとっても教職にはつかず、一般企業に就職する学生も多いが、教育学部に入った碧は最初から教員をめざして勉強してきた。

「タマは頭がいいし、ちゃんと勉強してきたなら心配ないだろ。あとは体調をととのえてリラックスして受験すればきっと受かる」

「雪村さん……ありがとうございます」

むくむくとやる気が湧いてきた碧は、食事を終えると星花にあずかってもらっていたケーキの箱を受けとり、家路についた。今夜は父がはやく帰ってくると言っていたから、お茶を淹《い》れて一緒に食べよう。そう思っていたのだが――

異変は十九時を少し過ぎたころにやってきた。

台所でお味噌《みそ》汁をつくっていたとき、少し前からふたたびシクシクと痛みはじめていたお腹に、激痛が襲いかかってきた。目を剝《む》いた碧はあわててコンロの火を止め、たまらずその場にうずくまる。

「い……いた。痛い……！」

右の下腹部からこれまでにない強烈な痛みを感じて、額に脂汗《あぶらあせ》がにじみ出る。

必死にお腹をさすっても、激痛はまったくおさまる気配がない。これはただごとではないと青ざめたとき、エプロンのポケットに入れていたスマホが着信を告げた。すがるようにして電話に出ると、『いま駅に着いたよ』という父の声が聞こえてくる。

「お、お父さん。助けて……」

しぼり出すような声で訴えると、機械の向こうで父が驚いたように息を飲む。

『碧？　どうしたんだ。何があった!?』

「うう……」

『碧！』

それからしばらくして、サイレンを鳴らした一台の救急車が「ゆきうさぎ」の前を通り過ぎていった。

第1話　風呂上がりに小籠包

「急性虫垂炎《きゅうせいちゅうすいえん》？　タマがですか!?」

「ああ。腹膜炎も併発していたから、その日のうちに緊急手術になってね」

七月七日、十八時。

夜の営業がはじまってからすぐに、「ゆきうさぎ」に一番乗りでやってきたのは、碧《あおい》の父親である浩介《こうすけ》だった。

会社員の浩介は土日が休みなので、スーツではなく私服姿だ。白髪まじりの髪にはきちんと櫛《くし》が入っていて、トレードマークとも言える黒ぶち眼鏡をかけている。

浩介は亡き祖母の時代から「ゆきうさぎ」に通う古株の常連だ。大樹《だいき》はいつものように笑顔で出迎えたが、本人はなぜか浮かない顔。不思議に思っていると、浩介は昨夜、碧が救急搬送《はんそう》されたことを教えてくれた。

「手術はうまくいったんですか……？」

「うん。麻酔が切れたときは痛がってたけど、いまは落ち着いているよ」

「それならよかった」

大樹はほっと胸をなでおろす。

浩介の話によると、碧は昨日の十九時ごろ、夕食の支度をしていたときに激しい腹痛に見舞われたらしい。仕事を終えて帰宅途中だった浩介が電話をすると、返ってきたのは娘の苦しそうなうめき声。お腹《なか》が痛いという訴えを聞きとってからすぐに救急車を要請し、本人は全速力で自宅に戻ったそうだ。

「あのときはぞっとしたよ。救急車を呼んだのは三年ぶりだったから……」

カウンター席に腰かけている浩介は、そう言って冷酒がそそがれたぐい呑《の》みに口をつける。そのときのことを思い出しているのか、顔が少し青ざめていた。

(三年前……)

おそらくそれは、浩介の妻であり碧の母、知弥子《ちやこ》のことなのだろう。

彼女は三年前の春、自宅で倒れて病院に運ばれたそうだ。急な心臓発作で、残念ながらそのまま帰らぬ人となってしまった。それ以来だというなら、苦い記憶がフラッシュバックしてもおかしくない。苦しむ娘を見たとき、どれほど動揺したことだろう。

「……浩介さん。何かあたたかいものでも召し上がりませんか?」

「そうだね。手術や入院準備でばたばたしてたから、たいしたものを食べてなかった」

「おまかせでいいですか?　ちょっと待っててくださいね」

浩介の前から離れた大樹は、棚からひとり用の土鍋をとり出した。

体があたたまれば心も落ち着く。浩介の好みも加味して、いまある食材を使ってできる最適な料理を考える。

大樹はストックしておいた自家製スープを土鍋にそそぎ、コンロの火にかけた。

さまざまな料理に使えるスープは、鶏《とり》ガラを香味野菜と一緒に三時間ほどじっくり煮込んで出汁《だし》をとったものだ。沸騰《ふっとう》したら刻んだ小松菜とニンジンを加え、豚ひき肉でつくった肉団子を落とし入れていく。

表面に浮いたアクをすくいながら、大樹は浩介から聞いた話を反芻《はんすう》する。

(虫垂炎か。痛かっただろうな……)

昨日、星花《せいか》と一緒に食事にやってきた碧の姿が、脳裏《のうり》によみがえる。

思い返してみれば、ガッツリとした料理が好きな彼女にしてはめずらしく、胃腸に優しいものを選んでいた。食事のスピードもいつもよりゆっくりだったような気がする。碧はなんでもないような顔をしていたが、もしかしたらあのとき、すでになんらかの異変が起きていたのかもしれない。

大樹はその日の営業が終わったあと、碧にアプリでメッセージを送っていた。店に来てくれたお礼と、体調には気をつけろよと言ったのだが、返信はいまだに来ていない。これまでは遅くても数時間で返信が来ていたから気になっていたのだが、まさかそんな大変なことになっていたとは……。

大樹に虫垂炎の経験はなかったが、高校生のころ、ひとつ下の弟が同じ病気にかかったことがあった。弟があれほど痛がる姿を見たのははじめてだったので、驚いたことを憶《おぼ》えている。幸い治療がうまくいき、数日で退院できたけれど。

（いや待て。数日？）

ぐつぐつと音を立てる土鍋の前で、大樹は眉間《みけん》にしわを寄せる。

――碧はたしか、明日に教員採用試験を受ける予定ではなかったか？

教員だった母親に育てられた彼女は、尊敬する母と同じ道に進みたいと、大学で勉強してきた。先月には教育実習にも行っている。本人の話を聞く限り、充実した日々を過ごすことができたようだ。碧は勤務地が東京都内で、なおかつ収入が安定した公務員になることを希望しているため、都の試験を受けると言っていたのだが……。

そんなことを考えながら、大樹はコンロの火を止めた。調味料で味をととのえ、仕上げに軽くラー油を垂らす。完成した黄金色の中華風スープを浩介の前に出した大樹は、遠慮がちに声をかけた。

「あの……。タマって明日、教採の一次試験がありましたよね？」

「ああ、うん……。碧から聞いたのか」

表情を曇《くも》らせた浩介は、スープから立ちのぼる湯気を見つめながら続ける。

「しばらく入院になるから、さすがに明日は……。残念だけど」

答えはわかりきっていたが、浩介の口からその言葉を聞いてしまうと、胸の奥に苦いものが広がっていく。

実力を出し切った上で点数が及ばなかったのなら、あきらめもつくだろう。だが試験そのものが受けられないとなれば、その落胆はいかばかりか。

ここ数カ月の間、碧は「ゆきうさぎ」のバイトをセーブしながら試験勉強を頑張っていた。その努力を知っているだけに、自分まで悔しくなってくる。急な病気は本人の意思ではどうにもできないし、大事に至ることがなくてよかったとは思うが、碧の気持ちを考えると複雑な気分だ。

「退院はいつごろになりますか?」

「少なくとも、あと一週間くらいはかかりそうだね。症状が軽ければもう少しはやく退院できるんだけど、合併症を起こしていたから」

「そうですか……」

できれば見舞いに行きたかったが、入院中の姿を見られるのが嫌な人もいるので、本人の許可なく勝手なことはできない。気持ちの整理もあるだろうし、とりあえずはもう一度メッセージを送り、碧の様子は浩介にたずねようと考える。

――タマはいま、病室で何を思っているのだろう?

先週、大樹は駅ビルの中にあるなじみの和菓子店「くろおや」で、あじさいを模した金平糖を買った。ピンク色の小さな星を集めたようなそれを見て、なんとなく碧を思い出したのだ。気がついたときには手にとって、レジまで持っていっていた。

「大《だい》ちゃんがこういったものを買うなんてめずらしいな。もしかして誰かにプレゼントでもするのかい」

「いえ、その……」

「すまない、野暮《やぼ》なことだったたね。誰にも言わないから安心しなさい」

見た目は気むずかしそうだが、実は気のいい店主は、そう言って微笑《ほほえ》んだ。

思い返せば以前、シュシュ（という名前だと碧から聞いた）を買ったときも、店員が同じような顔をしていた。からかわれたわけでもないのに、妙に恥ずかしい。会計を終えた大樹は、店主にお礼を言うと、金平糖を手にそそくさと店を出た。

金平糖を渡したとき、碧はとてもよろこんでくれた。それで勢いがつき、自分の気持ちまで伝えてしまったのは予想外ではあったが、碧が応《こた》えてくれたのが嬉《うれ》しかった。思い返せば、これまで何人かの女性とつき合ったことがあるけれど、自分から告白したのは今回がはじめてだ。それもあって、年甲斐《としがい》もなく浮かれてしまった。

（俺とタマのことは、浩介さんにはまだ言えないな）

いずれはきちんと話そうとは思っているが、こういうことは、相手が顔見知りであっても緊張する。浩介とのつき合いは碧よりもはるかに長く、十年ほどになるが、だからといって気軽に打ち明けられる話でもない。浩介にとっての碧は大事なひとり娘であると同時に、奥さんの忘れ形見でもあるのだから。

「わたしもしばらくは内緒にしておこうかなって。その、父とそういう話はしたことないから、恥ずかしさもありまして……。それに知らない人ならまだしも、父は雪村《ゆきむら》さんのことをよく知ってるし、余計に照れくさくないですか?」

碧もそう言っていたので、浩介には申しわけないが、当面は秘密になるだろう。

「ふう……。大ちゃんの料理はやっぱりおいしいな」

はっとして顔を上げると、スープを飲みながら浩介が表情をなごませていた。眼鏡の奥の瞳にも生気が戻ってきている。

「暑いからって冷たいものばかり摂《と》っていると、体が冷えますよね。最近は猛暑が続いているせいで、冷房もフル回転だし。かといって冷房を止めたら、今度は熱中症の危険がある……。体調をととのえるのがむずかしいですね」

「昔はこんなに暑くなかったのになぁ……。僕が子どもだったころは、うちわと扇風機だけでもじゅうぶん凌《しの》げたよ」

肩をすくめた浩介が、ぐい呑みに口をつけたときだった。ガラガラと音を立てて格子戸《こうし》が開いたかと思うと、少し腰の曲がった年配の男性が入ってくる。

「よう。もうすぐ日が暮れるってのに暑いなー。年寄りには堪《こた》えるわ」

「彰三《しょうぞう》さん、こんばんは」

「おっ、今日は浩ちゃんもいるのか。こりゃあ嬉しいね」

そう言って破顔したのは、「ゆきうさぎ」の常連第一号にして、商店街のご意見番でもある久保《くぼ》彰三だ。御年八十二になるが、これくらいの年齢になると避けては通れない介護問題は、この人には無縁に思えるほどぴんぴんしている。

赤いアロハシャツに短パン、ビーチサンダルという格好の彰三は、「まずはビールを一杯ぐいっといきたいね」と言いながら、浩介の隣に腰を下ろした。浩介は大樹よりも背が高く、逆に彰三は身長が低めなので、ふたり並ぶとその差が際立つ。しかし、それについてはどちらもまったく気にしていない。

「大ちゃん、瓶《びん》ビール一本な！　キンキンに冷えたやつ」

「了解です」

彰三のお気に入りは某メーカーが製造している、麦芽を一〇〇％使ったビールだ。ほどよい苦味があり、すっきりとした味わいなので、常連客からも人気が高い。

大樹は冷蔵庫でよく冷やしていた中瓶ビールの栓を抜き、ジョッキと一緒にカウンターの上に置いた。彰三がビールをそそぐと、ジョッキが黄金色の輝きに満たされる。クリーミーな泡が立ったそれを、彰三は一気に喉《のど》の奥へと流しこんだ。

「くぅ――美味《うま》い！　たまんねえな！」

ゴトリという音とともにジョッキが置かれ、彰三は至福の表情で口元をぬぐう。

(あいかわらず元気だな)

彰三が来店すると、それまで沈んでいた周囲の空気が、あっという間に明るくにぎやかなものへと変わっていく。憂《うれ》い顔だった浩介も触発されたのか、口の端に笑みが浮かんでいる。そこにいるだけでまわりの雰囲気が変わるのだから、何気にすごい人だ。

「今日は腹減ってるからな。たっぷり儲《もう》けさせてやるぞー」

「嬉しいですね。ありがとうございます」

「まずは鱚《きす》の天ぷらだろ。だし巻き玉子は最近ご無沙汰《ぶさた》だから食っとくかね」

「帆立《ほたて》のバター醤油《じょうゆ》炒《いた》めもどうですか？　肉厚の貝柱を仕入れたんです。ちょっとニンニクを入れるのでいい香りに仕上がりますよ。ビールにも合いますし」

「おお、いいねえ。あとはそうだな……おからの炒《い》り煮にしておくか」

彰三はお品書きを開くことなく、空で注文をしてきた。月の半分近くは「ゆきうさぎ」

に通っているため、メニューは暗記しているのだ。

この店のメニューは通年で置いているものと、季節ごとに入れ替えているものと半々で構成されている。いまでは一年を通して、さまざまな食材をスーパーなどで手に入れることができるけれど、料理人としてはやはり、旬を大事にしたい。

「とりあえずはそれで頼むわ」

「わかりました」

注文品の準備をはじめると、近所に住む常連客たちがぽつぽつと集まりはじめた。和菓子屋の息子で、いまは夜のバイトとして入ってくれている大学生、黒尾慎二《くろおしんじ》と協力して対応していく。

「大兄《だいにい》。俺さ、ここでバイトはじめてから確実に太ったんだけど」

三枚におろして衣《ころも》をつけた鱚を揚げていたとき、慎二が恨めしそうに話しかけてきた。

「少しくらいならいいだろ。おまえちょっと痩《や》せ気味だったし」

「星花にも『丸くなった』って言われたぞ。ここの賄《まかな》いが美味すぎるんだよ！　お代わりもやめられない！　このまま巨漢になってフラれでもしたらどうしてくれる」

「タマはなかなか太らないのにな」

「あの人は特異体質なんだって」

慎二と星花の仲は、「ゆきうさぎ」関係者の間では周知の事実だ。いずれは自分と碧もそうなるのだろうか。そう思うと恥ずかしい。

(やっぱりタマが卒業するまでは黙っておこう)

「じゃあ今日から賄いやめるか?」

「う……い、いやです。俺育ち盛りだし」

「もうそんなに育たないと思うぞ」

「まあ、要はカロリーを消費できればいいわけだ。フットサルの回数増やすかー」

そんな話をしているうちに、天ぷらが揚がる。

同時に小上がりのお客から声をかけられ、慎二が伝票を手に厨房《ちゅうぼう》から出て行った。器《うつわ》に懐紙《かいし》を敷いた大樹は、バットに上げた天ぷらをきれいに盛りつけ、くし形のレモンを添える。最後に小皿の塩を用意すれば完成だ。

「お待たせしました」

天ぷらの器を出すと、彰三の両目が輝いた。塩をつけて一口かじると、揚げたての衣がさくりと軽い音を立てる。ふっくらとした身を堪能《たんのう》していた彰三は、ふいに何かを思い出したかのように声をかけてきた。

「そういや大ちゃん、宇佐《うさ》ちゃんはいつこっちに来るんだい?」

「先に奥さんを転院させて、いまは荷物をまとめてるみたいですよ。いろいろな手続きもあるし、引っ越しは今月末になりそうだって」

「ふうん。たしか嫁さんの新しい主治医が東京にいるんだったか」

宇佐ちゃんこと宇佐美零一《うさみれいいち》は、祖母の息子で大樹にとっては叔父《おじ》にあたる。

十数年ぶりに再会した叔父とは、少し前に「ゆきうさぎ」が建つ土地の権利をめぐって対立した。祖母の遺産である土地を売って金に換えろと迫られたが、祖母から譲り受けた店を手放したくなかった大樹はそれを拒否。話し合いもうまくいかず、ふたりの溝は深まるばかりだった。

しかし、自分と同じ料理人の道を歩んでいた叔父は、最終的には大樹の腕を認めてくれた。自分がつくった料理がきっかけとなり、相手の心を動かすことができたのだ。一方の大樹も、叔父が金をほしがっているのは自分のためではなく、難病と闘《たたか》う奥さんのためだと知ったことで、彼に対する認識をあらためていった。

「うちに住む代わりに、『ゆきうさぎ』で働いてください」

話し合いの末に和解したあと、大樹はそう申し出た。

叔父は店を続けていいと言ってくれたが、それは法律で保障されていた割合の遺産を受けとらず、辞退することと同じだ。

少なくとも法律の観点から言えば、叔父の主張は正当だった。訴訟《そしょう》に持ちこめば勝てたはずなのに、叔父はそれをしなかった。おかげで「ゆきうさぎ」は存続したが、奥さんにかかる医療費はこれからも支払わなければならない。

対立したからといって突き放すことはできず、できる限り力になりたかった。だから東京で家と職を探していた叔父に、しばらく住みこみで働かないかと声をかけたのだ。

「それにしても、思いきったもんだな」

「え？」

「いくら身内といってもよ、十何年ぶりに会ったわけだろ。いきなり住みこみなんてうまくいくのかね？」

彰三の懸念はもっともだ。実家の母に報告したときも、同じことを言われた。遺産問題の顚末《てんまつ》については母にも知らせているが、やはりこれまでの経緯もあって、そう簡単に信用することはできないのだろう。

「絶対に大丈夫だとは断言できませんけど……」

ずっと交流していたのならともかく、大樹が叔父と顔を合わせ、話をしたのは数えるほどしかない。そんな短い時間で人柄《ひとがら》を見極められるわけがないけれど、あの人はいろいろなことに対して、とても不器用なのだとは思った。

しかし料理の腕は本物だったし、家族をとても大事にしていることもうかがえた。大樹が体調を崩したときに見せた気遣いも、本心だったと感じている。

——零一さんは不器用だけど、悪い人じゃない。

それだけは確信できたから、同居を提案したのだ。

「赤の他人ってわけでもないし、男同士だからそんなに気は遣いませんよ。手ごろなアパートが見つかったらそっちに移るとも言ってたし。奥さんが退院したら、やっぱりふたりで住みたいでしょうしね」

「そうか。ま、他ならぬ大ちゃんが決めたことだからな。それでいいなら、これ以上は何も言わんよ」

うなずいた彰三が、ぐびりとビールを飲む。

「来月には宇佐ちゃんも厨房に立つのか。雪枝《ゆきえ》さん、よろこぶだろうなぁ」

彰三は感慨《かんがい》深げに言いながら、カウンターの端に置いてある写真立てに目をやった。

宇佐美家は料理人の家系で、曾《そう》祖父の世代から誰かひとりはその職に就いている。そんな血を継いだ自分たちが、祖母が遺《のこ》した店で一緒に働くことになるとは、なんとも不思議な縁を感じる。この先どうなっていくのかはわからないが、できることならスタッフ全員で協力していい方向に進んでいきたい。

「大兄、注文入ったぞー」

「わかった」

祖母は今日も、写真立ての中で微笑んでいる。これからも、その笑顔に恥じないような店をつくっていこうと、大樹は決意を新たにした。

「はー、食った食った。ごちそうさん」

ふくれたお腹をさすりながら、椅子《いす》を引いた彰三はゆっくりと立ち上がった。

大きな持病はなかったが、何度かギックリ腰を経験しているので、こういうときは注意しなければならない。腰が弱いのはいわゆる職業病だ。現役は引退したが、彰三は十五のときに大工の道へと進み、棟梁《とうりよう》として多くの建物をこの手でつくりあげてきた。「ゆきうさぎ」もそのひとつだ。

「じいちゃん、今日もよく食べたなぁ」

「好きなものを好きなだけ食う。寝たいときに寝る。これが健康の秘訣よ」

伝票を確認しながらレジを打つ慎二の前で、彰三はにんまり笑う。

「ストレスフリーじゃん。絶対長生きするね」

「去年亡くなった酒屋のトメさんを知ってるか。町内最高齢だったんだ。あのばあさんの記録を塗り替えるのがおれの野望なんだよ」

「酒屋のばあちゃんって、たしか百歳過ぎじゃなかったっけ？」

「いまの時代なら男でも不可能じゃないぞ。期待してろよ」

とりとめのない話をしていたとき、ふいに大樹が話しかけてきた。

「彰三さん、ちょっといいですか？」

「ん？　どうした」

「裏の厨房なんですけど、壁紙がだいぶ傷《いた》んできたんですよ。ヒビ割れもしてるし」

「あー、そりゃ張り替えどきだわな。四代目に話、通しておくかい？」

「いいんですか？　それじゃ、とりあえず見積もりを」

「俺と大ちゃんの仲だ。できるだけ費用を抑えるように頼んでおくよ」

そう言うと、大樹はほっとした表情で「お願いします」と頭を下げた。

上等な建築材料を使って、腕のいい大工たちが丁寧に仕上げたとしても、新築当初の美しい姿をとどめておくことはできない。年月がたつにつれて屋根を直したり外壁を塗り替えたりと、修繕しなければならない箇所が増えてくる。少しでも長く住み続けたいのならば、その都度手直しが必要だ。

「ありがとうございました。気をつけて帰ってくださいね」

　会計を終えた彰三は、「またな」と言って店を出た。

「うへぇ……暑《あち》ぃ」

　二十時を過ぎているというのに、外はむっとした熱気がただよっている。愛用している扇子《せんす》を開いた彰三は、それで顔をあおぎながら帰路についた。

（あの店を建ててから、二十七年もたったのか）

　ほろ酔い気分で歩いていると、脳裏に完成したばかりのころの「ゆきうさぎ」がよみがえる。まるで昨日のことのように思い出せるのに、三十年近くも前とは。歳《とし》をとればとるほど時間の流れがはやく感じるというのは、どうやら本当らしい。

（おれもすっかり隠居じじいになっちまったしなぁ）

　宇佐美夫妻から依頼を受け、「ゆきうさぎ」の設計と建築をまかされたのは、当時の彰三が社長をつとめる久保《くぼ》工務店だった。大正時代に祖父が会社を立ち上げ、父が二代目となり、息子である自分が引き継いだのだ。

　彰三には娘がひとりいるが、彼女は会社を継がずに別の職に就いた。そのため四代目社長には、彰三がもっとも目をかけていた愛弟子《まなでし》が就任した。彼は中卒の自分とは違って立派な大学を卒業し、一級建築士の資格もとった努力家だ。

優秀な後継者のおかげで久保工務店の評判はますます高まり、年商も上がっている。彰三が悠々自適な隠居生活を送り、「ゆきうさぎ」に入り浸《びた》ることができるのも、そんな背景があるからだ。

引退してもしばらくは、顧問として弟子を支えていた。彼がひとり立ちしてからは妻とふたりで旅行をしたり、家庭菜園に精を出したりしていたが、六年前に妻を亡くしたあとは自宅を売却し、自分は商店街の近くにある小さなアパートに移り住んだ。そこが終《つい》の棲《す》家《か》になるだろうと思っている。

町内にある行きつけの店を渡り歩き、気の合う仲間と飲み食いするのは楽しいし、老人会の悪友らと、将棋や麻雀《マージャン》に興じるのも心地よい。それでもふとした瞬間に、檜《ひのき》の香りや木材に鉋《かんな》をかける感触、そして作業場で流す汗が無性に恋しくなることがある。

――いいことばかりがあったわけでもないのに、不思議なもんだな。

もう二度と戻ってこないからこそ、思い出が美化されているのかもしれない。だから以前、大樹から店のリフォームについて相談されたときは、頼られたことが嬉しかった。

先代女将《おかみ》が亡くなったあと、大樹は数カ月間店を閉めていた。その期間を利用して座敷の畳《たたみ》を張り替えたり、古くなった換気扇やガスコンロを取り替えたりしたのだが、予算の都合で裏の厨房までは手が回らなかった。

「予算はこれくらいなんですけど、できますか？」

「ふーむ。それだと大がかりな改装は厳しいなぁ。場所をしぼらねえと」

「やっぱり無理ですよね……。だったらお客さんの目に触れる場所を優先します。緊急度が低いところは金が貯まり次第、追い追いに」

いまでもじゅうぶん若いが、当時の大樹はまだ二十四、五。リフォーム費用は銀行から事業資金として借りたと言っていた。

社会に出てそれほどたっていない若造が、ひとりであれこれ手続きするのは、さぞや骨が折れたことだろう。戸惑う大樹からたびたび相談を受けた彰三は、できる限りの助言をしてやった。

「何度もすみません。わからないことばかりで」

「はじめてならあたりまえだろ。何事も、こうやってちょっとずつ経験を積み重ねていくものなんだよ。最初から完璧にこなせる人間なんていやしないんだからさ」

「そう……ですよね。これから覚えていけばいいいんだ」

彰三の言葉に元気づけられたのか、大樹は安堵《あんど》の表情を見せた。

自分からすれば、大樹はまだ人生の半分も生きていない、未熟なひよっこだ。

はじめて会ったのは、二十年以上も前のこと。大樹は好奇心が旺盛《おうせい》で、人なつこい子どもだった。その日は祖父母の家に遊びに来ていたらしく、母親の目を盗み、店のほうまでやってきたのだ。

「あら大樹、こっちに来たらだめよって言ったでしょ。お客さんがいるんだから」

孫の姿に気がついた女将はそう言ったが、大樹は「だっていい匂いがしたんだもん」と答え、カウンター席に腰かけていた彰三のもとに近づいてきた。

「おじちゃん。それ、おいしい?」

「おう。ぼうずも食うか」

酒のつまみにしていた豚の角煮を分けてやると、大樹は嬉しそうに頬張《ほおば》った。小さな両手で頬を押さえ、はずんだ声をあげる。

「ほっぺが落ちそう!」

「だろー?　ぼうずのおばあちゃんは料理上手《じょうず》だな」

あのとき彰三の膝《ひざ》の上ではしゃいでいた大樹は、いまでは自分よりも背の高い青年に成長した。礼儀を覚えて自分にも丁寧に接するようになったが、幼いころの無邪気な姿をなつかしく思うときもある。

(昔のことばっかり思い出すのは、年寄りの性《さが》かねえ)

角を曲がると、街灯の明かりに照らし出された鳥居が見えた。

こんもりとした木立《こだち》に囲まれた神社の裏手に、彰三が住むアパートが建っている。ドアの鍵を開けて中に入ると、ビーチサンダルを脱いで家に上がった。おかえりと言ってくれる人はいない。

この町で生まれ育って結婚し、妻に先立たれるまで、彰三が住んだ家にはいつも家族の誰かがいた。子どものころは親兄弟、戦争で疎開《そかい》していたときは田舎《いなか》の親戚、そして自分の家庭を持ってからは妻と娘。その中でも妻の啓子《けいこ》とは、もっとも長い時間を同じ家でともに過ごした。

七十を過ぎてからのひとり暮らしは思った以上に大変で、家事を覚えるだけでも一苦労だったし、家の中に自分以外、誰もいないというのもさびしかった。六年が経過したいまは、その生活があたりまえになっているが。

台所の冷蔵庫を開けた彰三は、大きなペットボトルに入ったミネラルウォーターをとり出した。コップにそそいで飲み干すと、火照《ほて》っていた体が冷えていく。

(おっと、月曜は燃えるゴミの日か)

忘れないように曜日をメモしてある紙は、冷蔵庫の扉に貼りつけている。指定の袋にゴミをまとめた彰三は、狭い玄関の靴脱ぎ場にそれを置いてから、ダイニングの奥にある六畳間に足を踏み入れ——

「……汚ぇな、おい」

目の前に広がる光景に、思わず声が漏《も》れてしまう。

室内はまるで泥棒が入ったかのような、ひどい散らかりようだった。

落ち着いているのは、犯人がほかでもない自分だからだ。部屋を荒らしたのは、引っ越しのときにどこかにしまいこんだ啓子の形見を探していたため。ここにあるはずと思いこんでいた簞笥《たんす》の中にはなく、大捜索になってしまった。

形見は手のひらに載るほど小さなもの。ほかにしまっていそうな場所を確認し、押し入れの中も引っかき回した。捜索の末、品物は引っ越し以来開けていなかった段ボール箱から見つかったのだが、みずから散らかしまくった部屋を片づける気力はなく、腹も減ったのでそのまま「ゆきうさぎ」に向かったのだ。

前の家を引き払うとき、荷物は厳選したはずなのに、いつの間にか新しいものが増えていた。どうやら自分は、どれだけ歳をとっても物欲と食欲が衰《おとろ》えることはないようだ。

「めんどくせえ……明日でいいか」

足の踏み場がなかろうとも、どうせ誰も見やしないのだ。肩をすくめた彰三は、室内に散乱する物たちを隅《すみ》に押しやりスペースをつくると、そこに布団を敷いた。ごろりと横になったとたん、猛烈な眠気が押し寄せてくる。

「やべぇ……」

片づけはしなくても、せめてシャワーを浴びてさっぱりしてから寝たいのに。

(でっかい風呂に入りてえなあ。熱い湯船につかって……)

十年以上も前に閉店してしまった町の銭湯が、ぼんやりと頭の隅に思い浮かぶ。白い湯気がもうもうと広がり、彰三の意識はそのままゆっくりと薄れていった。


啓子と結婚して五年がたっても、自分たちの間に子どもができる気配はなかった。

子どもは望んでいたが、これぱかりはどうしようもない。自分か妻のどちらか、もしくは両方がそういった体質だったのだろうが、当時は現在のように効果的な治療を受けることができなかったため、自然にまかせるしかなかった。

二十二で嫁《とつ》いできた啓子は、彰三以上にそのことを気に病んでいた。

彰三には何も話さなかったが、おそらく周囲から圧力があったのだろう。自分が原因だと決まったわけでもないのに、沈んだ顔をした啓子から、「私と別れて再婚すれば、子どもが授かるかもしれない」とまで言われた。仰天した彰三はなんとか彼女を落ち着かせ、いい機会だと、お互いに胸の内をさらしてとことん話し合った。

「そんなに思いつめるな。おれは子どもがいなくても、ふたりで仲良くやっていけるならそれでいい」

「でも」

「別に子どもを持つことだけが幸せってわけでもないだろ。おれはふたりだけでもじゅうぶん楽しめると思うぞ。もしさびしいっていうなら、犬か猫でも飼ってみるか？　もう少し金が貯まったら手ごろな土地を買って、そこにおれが家を建てるからよ」

彰三の言葉を聞いた啓子は、それもいいわねと言って微笑んだ。

約束した家を建てるため、彰三はこれまで以上に気合いを入れて働いた。啓子は趣味を楽しむようになり、六年の月日がたったころ。おだやかな日常に満足していた自分たちのもとに、来ないと思っていたコウノトリがおとずれた。

このときすでに、結婚から十一年が経過していた。まさかいまになって自分たちの身にそんな奇跡が起こるとは思わなかったので、何度も夢ではないかと疑ったものだ。

しかしそれはまぎれもない現実で、啓子の腹は少しずつふくらんでいった。数カ月後に生まれた小さな娘をはじめて腕に抱いたとき、言葉では言い表せないようなよろこびが全身を包んだことを、はっきりと憶えている。

――この子がおれの娘か……。

　正直に言うと、そのときはまだ父親としての実感はなかった。自分が誰かの親になることはないだろうと思っていたし、こんなに小さくて無力な赤ん坊を、大人になるまできちんと育てられるのかと不安にもなった。だが、自分の腕の中で眠る娘を見ているうちにあふれ出てきた感情は、いまから思えば間違いなく愛情だった。

　もう少し大きくなったら、この子に「お父さん」と呼ばれるのか。

　想像すると、嬉しいと同時に照れくさくなってくる。成長した娘は、いったいどんな顔をして、どんな声で自分を呼んでくれるのだろう――

「……さん、お父さんってば！」

「……………ん？」

　幸福な夢の中にただよっていた彰三は、体をゆすられ目を覚ました。とたんに視界に飛びこんできたのは、心配そうな表情をした啓子――ではなく、その面差《おもざ》しを受け継いだショートカットの女性だった。

　二十年近く前、就職祝いとして彰三と啓子が贈ったネックレスが、鎖骨《さこつ》の間で控えめに輝いている。目の前にいるのは、すっかり成長した娘の佳奈子《かなこ》だった。

「ああよかった。びっくりさせないでよ。心臓に悪いったら」

　佳奈子は安堵したように胸をなでおろす。

わけがわからず、ぼんやりとした頭の中に疑問符が浮かんだ。海外で暮らしているはずの娘が、どうしていま、ここにいるのだろう？

「お父さん、体は大丈夫？　どこか苦しいところとかない？」

「いや別に……。酔っぱらって寝落ちしただけだしなぁ」

上半身を起こした彰三が頭を掻《か》くと、佳奈子は脱力したように肩を落とす。

「寝落ちって、もう。今日は私と待ち合わせしてたでしょ？」

「……あ」

待ち合わせという言葉で、ようやく頭が働き出す。

大学を卒業した娘は、都内に本社を持つ商社に就職した。当時は就職氷河期の真っ只中だったから、努力と運が味方したのだろう。男と肩を並べてバリバリ働き、転職や退職をせずに勤め続けているので、相応に出世している。仕事に情熱をかたむけながらも、男の影がまったくないわけではなさそうだったが、四十二歳になった現在も独身だ。

五年前、佳奈子はとあるプロジェクトのリーダーに抜擢《ばってき》され、香港《ホンコン》支社に転勤した。いまは現地のマンションでひとり暮らしをしている。今回は数日間の休暇がとれたというので、東京で会う約束をしたのだ。そこまで思い出してから時計に目をやれば、待ち合わせの時刻からすでに一時間以上が経過していた。

「げっ！　もう昼なのかよ」

どうやらあれから半日以上も爆睡していたらしい。歳をとってからはあまり長く眠れないようになっていたのに。室内を引っかき回した疲れが出たのだろうか。

「約束してた場所には来ないし、電話しても出ないし……。もしかしたら家で倒れてるんじゃないかって思ったら、もう気が気じゃなかったわよ」

佳奈子の顔をあらためて見れば、化粧をしていても青ざめていることがわかる。

父親と連絡がとれないことにうろたえた娘は、タクシーを飛ばして彰三のアパートに駆けつけたそうだ。

「おまけにインターホンは鳴らないし！」

「あー……そういや壊れてたっけな」

なじみの宅配業者や知り合いはドアを叩いてくれるし、特に困ることもなかったのでそのままだった。佳奈子には合鍵を渡していたから、それで入ってきたのだろう。

「それになんなの、この部屋は!?　しっちゃかめっちゃかじゃない」

「いやその……これはだな。ちょっくら探し物を」

「こんな汚い部屋で寝てたら、健康にもよくないわよ。しかも酔っぱらって寝落ちしたですって？　お父さん、何度も言うけどいいかげんに酒量を抑えて……」

久しぶりに会えたというのに小言を食らってしまい、彰三はやっちまったなぁと反省しながら頰を掻いた。まだまだ元気なつもりでも、自分は八十過ぎの老人なのだ。そのうえ不摂生をしたせいで、えらく心配をかけてしまった。

「だいたいねえ、お父さんは昔っから……」

「わかったわかった。おれが悪かったよ。話はあとで聞くからまずは風呂に――」

入らせてくれと言いかけた彰三は、ふいに目をぱちくりとさせた。

和室とダイニングの境目に、見たことのない男が立っている。

年齢は三十代の半ばくらいだろうか。がっしりとした体つきだが、筋骨隆々《きんこつりゅうりゅう》というわけでもない。この暑いのに灰色の背広姿で、黒々とした髪を後ろに撫《な》でつけている。どこか異国情緒があり、涼しげな一重の目と、真一文字に結んだ唇が印象的だった。

きっちり締めた紺色のネクタイに、上着の胸ポケットに引っかけたサングラス。隙《すき》がなさそうなその男は、鷲《わし》のような鋭い眼光で、じっと彰三を見下ろしている。

――マフィアかよ!?

どこの若頭だと訊《き》きたくなるような男に対して、布団の上であぐらをかく自分は、商店街の洋品店で買った激安アロハシャツ姿のチンピラ風。寝起きで髪は乱れ、ひげ剃《そ》りもしていない。そんなふたりが同じ空間にいるなんて、どういうことだ。

（いやいや、怖気《おじけ》づくな。おれの家で勝手なことはさせせん）

彰三が男をにらみつけていると、気づいた佳奈子が口を開く。

「お父さん。この人、別に不審者じゃないから。私の知り合いっていうか……」

その言葉を聞いたとたん、彫像のように立ち尽くしていた男が動いた。床に散乱するものを踏まないよう、器用に避けながら近づいてくる。右手に紙袋を提《さ》げているが、いったい何が入っているのか。

男は身構える彰三の前で足を止め、膝を折って正座した。背広の内ポケットに手を入れたときはびくりとしたが、彼がとり出したのは銀色の名刺入れだった。危ないものが出てくるわけがないのに、我ながら任侠《にんきょう》映画の観過ぎだ。

「はじめまして。お会いできて嬉しいです」

思いのほか礼儀正しく頭を下げた彼は、流暢《りゅうちょう》な日本語を話していたが、発音の仕方で純粋な日本人ではないことがわかった。渡された名刺に目を落とせば、名前が印字されている箇所には「李俊明《リージュンミン》」の文字。

「中国の人かい？」

「香港で生まれ育ちました。父は中国人ですが、母は日本……トーキョーの出身です。名前は母が、日本語でも読める漢字をつけてくれました」

「なるほどねえ。いい名前じゃねえか」

「ありがとうございます。あ、こちらは向こうで買ったお土産《みやげ》です。甘いモノがお好きだとうかがったので。よろしければお召し上がりください」

「おお、ご丁寧にどうも」

　自分などよりもはるかに上手な敬語を使いこなす俊明から、四角い缶に入った焼き菓子の詰め合わせを受けとる。ひとりで食べるには量が多そうだったが、いつもの麻雀仲間が遊びに来たとき、茶請けにすればいいだろう。

「香港のお菓子は、とてもおいしいです。これは僕が自信を持っておすすめしている店の曲奇《クッキー》で、ジャスミン茶やプーアル茶の葉を砕《くだ》いて練りこんであります」

「ほほう」

「それからこれは百合油《リリーオイル》。昔からある万能薬で、肩こりや腰痛にもよく効きます」

「へえ。ありがとよ」

「あとは……」

　紙袋から次々と土産をとり出す俊明は、ビクトリア・ハーバーの近所（と言われてもよくわからないが）にあるホテルで、コンシェルジュとして働いているそうだ。日本人観光客にも人気が高いホテルなら、接客態度や言葉遣いはみっちり仕込まれたのだろう。

（佳奈子の部下とか、仕事相手ってわけじゃねえんだな。ということは）

四十年以上も親をやっていれば、ふたりがどんな関係なのかはおのずと想像がつく。

そろそろ本題に入れと言わんばかりに、彰三はちらりと娘に目を向ける。父親の意図を察した佳奈子は、隣に座る俊明を肘《ひじ》で軽くつついた。

居ずまいを直した彼は、緊張した面持《おもも》ちで口を開く。

「いきなり押しかける形になって申しわけありません。あの、実は僕たち……」

「……」

「その、ええと……」

「………」

「……………」

見かけは強面《こわもて》のくせに、この期《ご》に及んで言いよどむとは何事か。自他ともに認める気の短さを誇《ほこ》る彰三は、苛立《いらだ》ちのあまりその場にすっくと立ち上がった。

「いつまで待たせる気だ。男なら覚悟を決めてズバッと言いやがれ！」

「は、はい！」

雷にでも打たれたかのように体をふるわせた俊明は、意を決した表情で彰三の顔を見上げた。続けてがばっと頭を下げる。

「佳奈子さんとはこの三年間、結婚を前提におつき合いしてきました。お義父《とう》さん、どうか――僕に娘さんをください！」

「よーし、よく言った！　それでこそ男だ」

敷きっぱなしの布団の上で仁王立ちするアロハシャツの老人に、荒らされた部屋の中で昔のドラマのようなベタな台詞《せりふ》を吐く、オールバックの香港マフィア（もどき）。

こんな状況で結婚の許しを乞うたのは、世界中を探しても自分たちだけだと、のちに佳奈子は遠い目で語った。

「ここは私たちが片づけるから、お父さんは先にシャワー浴びてきて」

彰三にバスタオルと着替えを押しつけた佳奈子は、有無を言わさず室内の片づけにとりかかった。

「まずは衣類ね。上着を脱いだ俊明も、シャツの腕をまくってやる気を見せている。トシくん、服とか集めてこの箱に入れてくれる？」

「わかった」

どうやら佳奈子は、相手を俊明《としあき》という日本名で呼んでいるらしい。年上だからということもあるだろうが、雰囲気からして、主導権は娘のほうが握っているようだ。

（佳奈子は気が強いからなぁ。まったく誰に似たんだか）

妻の啓子は控えめでおとなしかったが、浅草《あさくさ》で生まれ育った実母は、威勢がよくて勝気な性格の持ち主だった。悪気はなかったのだが、なんでもはっきりとものを言う人だったから、嫁いできた啓子は苦労したことだろう。

一方の佳奈子はそんな祖母の気質を継いだのか、小さなころから負けず嫌いだった。面倒見がよく、誰かがいじめられたら、相手が年上の男の子でも立ち向かっていくような姉御肌の娘だったので、近所の子からは慕われていたと思う。

「お父さん。私、英語を勉強して外交官になりたい！」

佳奈子がそう言い出したのは、中学に入ってからのことだったか。

子どもが語る夢だから、そのうち気が変わるだろうと思っていたが、当の佳奈子は本気だった。腕力や体力は男にかなわなくなってしまっても、勉強ではトップをとると。そんなところにも、負けず嫌いの気質があらわれていた。

猛勉強の末に難関の大学に合格した佳奈子は、語学を学びながら、在学中に海外留学も経験している。たったひとりの娘に不自由はさせまいと、彰三と啓子は必死に働いて学費や留学費用を捻出《ねんしゅつ》した。残念ながら外交官にはなれなかったが、就職先の会社で立派に活躍しているのだから、たいしたものだと思う。

結婚についてはなかなか良縁に恵まれず、これまでにふたりほど紹介されたことがあるけれど、どちらともそこまでには至らなかった。親に会わせたということは、少なくとも佳奈子にはその気があったのだろう。しかしこればかりは本人たちの問題だし、無理に見合いをすすめる気にもなれなかったので、佳奈子の意思にまかせている。

(はてさて。今回は三度目の正直……になるのかね？)

娘が連れてきたこれまでの相手は、どちらも年上だった。俊明は佳奈子よりも六つ年下だという。仕切り屋の娘は啓子のように古風な性格ではないし、おとなしく男に守られるような子でもないから、姉さん女房のほうが合っているのかもしれない。

(けど、相手が外国人となるとなぁ。半分は日本人とはいえ……)

そんなことを考えながら、彰三は熱い湯を浴びてひげを剃った。新しい服に着替え終わると、ふと洗面台の鏡に目を向ける。そこにいるのは頭髪がだいぶ後退し、顔もしわだらけになった自分の姿。どこからどう見ても老人である。

歳を考えればしかたのないことなのだが、あらためて現実と向かい合ってみると、やはり複雑な気分だ。

「……いや、いまでもいい男だろ。まだまだ」

そう自分に言い聞かせ、彰三は気をとり直して浴室を出た。

「なんだよ。ぜんぜん片づいてないじゃねえか」

部屋に戻ると、そこはシャワーを浴びる前とほとんど変わらないありさまだった。佳奈子と俊明は片づけそっちのけで座卓に何かを広げ、興味深げに見つめている。

「お父さん、これ見てよ」

佳奈子に手招きされて近づいてみれば、それは押し入れにしまいこんでいたアルバムの一冊だった。だいぶ奥にあったはずなのに、わざわざひっぱり出してきたようだ。

「おまえなぁ……。片づけるどころか散らかしてどうするんだよ」

「これくらい別にいいじゃない。それよりほら、お父さんたちの結婚式よね？　これ」

「ん？　おお、なつかしいなー」

佳奈子たちの上からひょいとのぞきこむと、そこに写っていたのは若き日の彰三と啓子の晴れ姿。古い写真の中で、紋付《もんつ》き袴《はかま》と白無垢《しろむく》に身を包んだ自分たちは、慣れない衣装に戸惑っているかのように、やや緊張した表情を見せている。

「どっちも若いわねー。お父さん、まだ髪フサフサだし。五十年くらい前？」

「五十四年前……になるかねえ。式を挙げてから干支《えと》が一回りした年に、佳奈子が生まれたんだよ」

「それもびっくりよね」

口の端を上げた佳奈子が、ゆっくりとアルバムのページをめくる。

「それにしても、お母さんの写真が少ない……。昔から苦手だったものね」

「まあな。おかげで隠し撮りみたいなのばっかりになっちまった。旅行のときだって恥ずかしがるくらいだったからなぁ」

啓子はあまり写真を撮らせてくれなかったので、しっかり写っているものは貴重だ。

ページをめくるごとに、自分たちは少しずつ歳をとっていった。やがて佳奈子が生まれたときの写真があらわれると、それまで黙っていた俊明が声をあげる。

「この赤ちゃんは佳奈子さん？」

「うん。可愛《かわい》いでしょ」

「可愛いね。天使みたいだ」

てらいもなく言った俊明は、口元をほころばせながら彰三に目を向ける。

「写真のお義父さん、すごく嬉しそうです」

「そりゃ、まさか四十になってから授かるなんて思わなかったからなあ。嬉しかったとはいえ、ちゃんと育てられるのか不安になったけどよ」

「佳奈子さんはしっかり自立しているし、優しくてとても素敵な女性ですよ。ご両親の愛情をたくさん受けて育ったんだなって、すぐにわかりましたから」

「はは、ありがとよ。でもそんなに持ち上げられると、なんだか佳奈子がとんでもなくいい女みたいに聞こえるな」

「あら、事実でしょ。いまごろ気づいたの？」

いたずらっぽく笑った佳奈子は、さらにアルバムをめくっていく。

「お父さん、この写真は？」

「これは『ゆきうさぎ』が完成したときに撮ったやつだな」

「『ゆきうさぎ』……。ああ！　お父さんが行きつけにしてる小料理屋さんだっけ」

「おう。おまえが中学生くらいのころだったか。この人が女将さんで、隣にいるのがその旦那《だんな》。完成してからみんなで宴会したんだよ。楽しかったなあ」

写真を見つめながら、彰三はしみじみとつぶやいた。

同年代の女将とは、同じ町の出身ということもあって、昔話に花が咲いた。女将の夫と啓子はどちらも人見知りをする質《たち》だったから、喋《しゃべ》っているのは自分たちばかりだったけれど、ふたりは女将がつくった料理をおいしそうに頬張っていた。

「せっかくの記念だし、外で写真を撮りませんか？」

宴会がお開きになったとき、女将がそう提案した。彼女の夫と啓子は恥ずかしそうにしていたが、いい思い出になるからと説き伏せて、四人で撮影したのだ。

「この中で生きてるの、俺だけになっちまったな」

ぽつりと漏れた言葉は、思った以上にさびしく響いた。

さすがにこの歳になると、同年代の知り合いは減り、生きていても病気で入院していたり、介護が必要になっていたりする人が多い。いまは元気な自分も、いつそうなるかわからないと思うと、胸の奥をきゅっとつかまれるような気分になるが――

（やべえ。しんみりしちまった）

こういった雰囲気はどうにも苦手だ。話を変えようとしたとき、写真を見つめていた俊明が口を開いた。

「……このお店は、お義父さんが建てたんですか？」

「ああ。設計したのはおれじゃなくて建築士だけどな。女将さんたちの希望をできるだけとり入れて、いい店ができたよ」

依頼主のこだわりを可能な限り反映し、希望にそった建物を完成させることができるのが注文住宅の利点だ。もちろんそれだけのことをしようとすれば時間がかかるし、予算との折り合いがつかなくなってしまうこともある。そのあたりは依頼主との話し合いが重要になるが、久保工務店が手がけた建物は、どれも高い評価を得ていた。

「いまでも営業を？」

「やってるぞ。女将さんは亡くなったけど、その孫が跡を継いだんだ。まだ若いが料理の腕はピカイチでな。おれはあんまり台所に立たねえから、けっこうな頻度で通ってる。大ちゃん――若大将が栄養とかも気遣ってくれるしさ」

「それはいいですね。お義父さんのお気に入りのお店、一度行ってみたいです」

「お、それじゃ香港に帰る前に連れてってやろうか」

「いいんですか？　ありがとうございます」

嬉しそうな顔をした俊明のおかげで、周囲の空気がふわりとなごむ。ほっとした彰三はアルバムを閉じると、座卓に手をついて立ち上がった。

「思い出話はこれくらいにしようや。この調子じゃ片づく前に夜になっちまう」

「そうね。まずはここをどうにかしないと。でもその前に何か食べない？　空港出てからお菓子しかつまんでないんだもの。お腹すいちゃった」

彰三が寝坊さえしなければ、いまごろはどこかのレストランで美味いものを食べていたことだろう。罪悪感にさいなまれた彰三は、固定電話の横に置いてある店屋物のお品書きを佳奈子に渡した。

「今日はおれの奢《おご》りだ。この中から好きなもの選べ。天井でも寿司《すし》でもなんでもいいぞ」

「ほんと？　あら、このピザおいしそう」

「ピザもいいが寿司もいいな」

「お蕎麦《そば》もさっぱりしていてよさそうね。暑いし」

「蕎麦もいいけど、ここの寿司屋は鮪《まぐろ》が新鮮で美味いんだ」

「もう、結局お寿司が食べたいんじゃない。最初からそう言ってよ」

苦笑した佳奈子が、寿司屋のお品書きを片手に受話器をとる。そんな何気ない父と娘のやりとりを、俊明が微笑みながら見守っていた。

「彰三さん、どうかしました？　元気がないように見えますけど……」

七月十日の十九時過ぎ。

いつものように「ゆきうさぎ」にやってきた彰三は、めずらしく沈んでいるように見えた。今夜は普段よりも口数が少なく、心ここにあらずといった雰囲気だ。心配になった大樹は、カウンター席で黙々《もくもく》とお通しを食べる彰三に声をかけた。

「どこか具合でも悪いんですか？　だったら無理しないで――」

「いや、そういうんじゃねえんだよ。ちょいと考え事をな」

「考え事？」

「おう。実はおとといい、娘が男を連れてきてなぁ……」

食べかけの玉子豆腐《どうふ》をつつきながら、彰三は娘の佳奈子から、結婚を考えている男性を紹介されたことを教えてくれた。

「佳奈子さん、ご結婚されるんですね。おめでとうございます」

大樹は一度だけ、彼女に会ったことがある。いまから二年半ほど前、彰三がギックリ腰で入院したとき、連絡を受けた佳奈子は日本に一時帰国したのだ。そのとき佳奈子は、父親に向こうで一緒に暮らさないかと誘ったが、当の彰三は断っている。

「馬鹿《ばか》言え、いまさら言葉が通じないところで暮らせるかっての。知り合いもいない、『ゆきうさぎ』もない場所なんて、頼まれても嫌だね」

佳奈子も断られることはわかっていたのだろう。大樹にこう言った。

「うちの父、腰がよくなったらまたお店に通いはじめるはずだから。たぶんずっとあんな調子だろうけど、これからもよろしくお願いしますね」

大樹にとっての彰三は、常連のヌシであると同時に、もうひとりの祖父のような存在でもあった。血のつながった祖父はふたりともすでに故人なので、彰三には元気で長生きしてもらいたい。だから酒量や塩分の摂りすぎといった栄養面には気を配っているし、健康上の忠告も行っていた。

そんな彰三のひとり娘が結婚する。おめでたいことのはずなのに、なぜ彰三は浮かない顔をしているのだろう？

「もしかして、相手に何か問題でも？」

問いかけたのは大樹ではなく、彰三の隣に座る浩介だった。碧が入院している間、夕食はここで摂るそうだ。娘がいない家で食事をするのは、やはりさびしいのだろう。

数日前、大樹が碧に送ったメッセージには、その日のうちに返信があった。心配をかけてごめんなさいと書かれてあり、順調に回復していること、そして入院中の見舞いはいらないとも記してあった。退院後は自宅で何日か療養するそうなので、そのときにたずねていいかと問うと、それなら大丈夫との答えをもらっている。

「いんや、問題なんてねえよ」

彰三はかぶりをふった。

「ちゃんとした仕事に就いてるみたいだし、話した限りじゃ性格もよさそうだったしな。外国人ってのがちょいと気にはなるが」

「ああ、国際結婚だと大変そうですね。手続きとか」

「まあな。佳奈子のほうが六つも年上ってことも、気になるっちゃなるかねえ」

「いまではよくあることですよ」

「そうだなぁ……。それに佳奈子の年齢的に、子どもはむずかしいだろ。相手は初婚らしいし、そのあたりはどう考えてるのかとは思うけど、娘とはいえさすがに面と向かっては訊けなくてさ」

肩をすくめた彰三は、大樹に烏龍茶《ウーロン》のお代わりを頼んだ。おとといは酒で失敗してしまったので、しばらくは戒《いまし》めのために禁酒するのだという。新しいグラスに烏龍茶をそそぎながら、大樹は彰三から聞いた話を反芻した。

(彰三さんが心配しているのは、婚約者じゃなくて佳奈子さんのほうなんだな)

相手に問題がないからこそ、逆に自分の娘でいいのかと、不安になっているのかもしれない。当人同士が決めたのなら大丈夫なのではないかと思うが、やはり親としてはいろいろと考えることがあるのだろう。

「まあ正直に言えば、佳奈子が男を連れてきたとき、けっこう驚いたんだよな」

注文を受けた料理の準備をしていると、背後から彰三と浩介の会話が聞こえてくる。

「いまの仕事を続けるなら食いっぱぐれることもないし、ひとりでも立派にやっていけそうだったしさ。だったら別にこのままでもいいかって考えてたから」

「最近はずっと未婚の人も増えているって聞きますからね」

「佳奈子もそうなるんだろうって思ってたんだが、わからないもんだよ」

そんな話を聞きながら、大樹は使いこんだ中華鍋に刻んだ生姜《しょうが》と長ネギ、赤唐辛子を入れてゴマ油で炒めた。香りが立ってきたら、調味料と卵液、そして片栗粉《かたくりこ》を揉《も》みこんで油通しをしておいた鶏肉を加える。中華鍋と専用のお玉を手際よく動かしながら、焦がさないよう火加減に注意しつつ炒め合わせていった。

「お、いい匂いだなあ」

彰三のはずんだ声を背に、大樹は仕込みの時間に乾煎《からい》りしていたカシューナッツとピーマン、パプリカを中華鍋の中に投入した。合わせ調味料を絡めてとろみをつけ、仕上げにわずかなラー油を垂らしてから、できあがった炒め物を皿の上に移す。

「お待たせしました。腰果鶏丁《ヤオグオヂーディン》……鶏肉のカシューナッツ炒めです」

美しく盛りつけた皿を出すと、彰三が箸《はし》を手にした。

料理名の「腰果」はカシューナッツ、そして「丁」は賽《さい》の目切りを意味している。鶏肉の表面はカリッと、中はやわらかく肉汁あふれる食感で、香ばしく炒めたカシューナッツとの相性は抜群。そこに野菜の旨味《うまみ》も加わって、味の深みがさらに増す。

見た目もあざやかで、パプリカの赤とピーマンの緑が映えている。できたて熱々のうちに食べてもらいたい。

「そんじゃ、いただくとするかね」

炒め物に箸をつけた彰三は、一口を飲みこむと、しわだらけの顔をほころばせた。

「美味い！　これ、ビールにめちゃくちゃ合うんだよなー」

「烏龍茶でもじゅうぶんいけますよ」

「ま、今日のところはそれで我慢するか。禁酒禁酒」

自分に言い聞かせるようにつぶやきながら、彰三は烏龍茶のグラスをかたむける。隣の浩介も気を遣っているのか、今夜は酒ではなくソフトドリンクを頼んでいた。休肝日は必要だし、たまにはこんな日があってもいいだろう。

「大ちゃん、何気に中華料理も得意だよな」

「実はわりと好きなんです。つくるのも食べるのも。うちは和食の店だから、大っぴらには出せないんですけど。でもランチタイムのメニューは中華も多いですよ」

「器用だねえ。そこに洋食専門の宇佐ちゃんが加わるわけだろ。最強じゃねえか」

「叔父が来たら、新しいメニューを徐々に試していこうと思ってます。和食はこれまで通りに出していくつもりなので大丈夫ですよ」

うなずいた彰三は、箸でつまんだカシューナッツをじっと見つめる。

「中華か……。そういや俊明は小籠包《シヨウロンポー》が好きだって言ってたな」

「佳奈子さんのお相手ですか？」

「ああ。なんでも父親が上海《シャンハイ》の出身で、子どものころから大好物なんだとよ。だから母親がつくり方を習って、よく食卓に上がってたとか」

「なるほど。小籠包は上海が本場ですからね」

彰三は「そうだな」と言うと、顔を上げて大樹と目を合わせた。

「俊明に『ゆきうさぎ』の話をしたらさ、一度行ってみたいって言ってたんだよ。明日までは用事があるけど、あさってなら空いてるからって」

俊明の両親は中国で暮らしているが、母方の祖母と親戚は日本に住んでいて、佳奈子とふたりで挨拶《あいさつ》に行っているそうだ。遠方なので泊まりがけになるらしく、帰ってくるのが二日後なのだという。

「ってことで、夜に予約しといていいかね?」

「もちろん、よろこんで。準備する時間があるし、料理のリクエストがあれば受けられますよ。彰三さんが好きな豚の角煮もつくれます」

「角煮もいいけど、今回は――」

リクエストを承諾すると、彰三は「悪いな」と言って照れ笑いをした。佳奈子と結婚すれば、俊明は彰三にとって義理の息子になる。いまになってそんな相手ができるとは予想外だったのだろう。戸惑いの中に、隠しきれない嬉しさがにじみ出ている。

「義理だけど、息子って響きがなんかいいね。ちょいとくすぐったいが」

「うちもいつかそんな日がくるんですかねぇ……」

浩介が眼鏡の奥で遠い目になる。他人事《ひとごと》ではなかったのでどきりとしたが、なんとか平静を装《よそお》いながら、大樹はふたりの話に耳をかたむけた。

「浩ちゃんとこの娘はまだ若いから、もう少し先じゃねえか？　でもこればっかりはなんとも言えねえな。一年後かもしれないし、二十年後ってこともあるし。どっちにしろ大人になって自立すれば、親は送り出す立場になるぞ」

「わかっていることとはいえ、いざそのときが来たらさびしくなるんでしょうね」

苦笑した浩介は、ぽつりと言った。奥さんに先立たれているから、余計にそう思うのだろう。碧が家を出て行けば、浩介はひとりになる。そのときが来てもやっていけるように準備はしていると言っていたが、やはり本音はさびしいのだ。

(うちの親も、俺が出て行ったときはそうだったのかもな)

大樹は空になった浩介のグラスに、サービスの烏龍茶をそそぎ入れた。


それから二日後、彰三のもとに佳奈子から電話がかかってきた。

『お父さん、ごめん！　ちょっと上司に呼ばれちゃって、いまから本社に行かないといけないの。夜まで帰れそうにないから、今日はトシくんとご飯食べに行ってくれる？』

――おいおい、いきなりふたりきりかよ。

誰に対しても物怖《ものお》じしない彰三だが、さすがに娘の結婚相手となると、なけなしの緊張感があらわれる。初対面であれだけみっともない姿をさらしておいて、何をいまさらという感じではあったが、これから長いつき合いがはじまるかもしれない相手に、ろくでもない父親だと思われるのは嫌だった。

(夕飯だけなら間が持つか。向こうだって佳奈子がいなけりゃ気まずいだろうし)

そう思っていたのだが……。

『お義父さん、いま最寄りの駅に着きました！　うかがっても大丈夫ですか？』

「………」

俊明から連絡があったのは、「ゆきうさぎ」の開店よりもだいぶはやい時間だった。夕方に出直せとも言えず、しかたなく家に呼ぶ。しばらくして玄関のほうから控えめなノックの音が聞こえ、ドアを開けると、そこには前とは違った背広に袖《そで》を通し、サングラスをかけた汗だくのマフィア――もとい俊明の姿があった。

「兄《あん》ちゃんよ、その格好暑くないか？」

「いえ、僕のことはおかまいなく。サングラスは目が太陽光に弱いせいで、この時季に外出するときはかけないといけないんです。見苦しくてすみません」

言いながら、俊明はおもむろにサングラスをはずした。

暑さのせいか、顔が真っ赤になっている。礼儀を重んじるのはけっこうだが、そんな風通しの悪い格好で出歩いて、熱中症にでもなったらどうするのだ。やれやれと肩をすくめた彰三は、ハンカチで汗をぬぐう俊明を家に上げ、冷たいお茶を出してやった。

「ありがとうございます」

冷房の効いた部屋でお茶を飲んだ俊明は、生き返ったように表情をゆるめる。せめて上着を脱げと言うと、遠慮がちに従った。

「あーあ。やっぱりシャツ、ぐっしょりじゃねえか。気持ち悪いだろ」

「だ、大丈夫です。お気になさらず」

汗で肌に貼りついた服の不快さは、彰三だって知っている。それでも認めようとしないのだから、真面目《まじめ》だが少々頑固な性格らしい。

「ったく……。しょうがねえなあ」

つぶやいた彰三は、簞笥の中から手ぬぐいを一枚とり出した。ついでに自分には寸法が合わなかった、大きめのアロハシャツもひっぱり出す。

「ほれ、汗拭いてこれに着替えな。おまえさんにはちょいときついかもしれんが」

「えっ！　いえその、そこまでしていただかなくても」

「そんな格好でいられたら、おれが落ち着かないだろうが。それとも何か？　『お義父さん』の言うことが聞けんのかい」

「め、めっそうもない」

ドスの利いた声で脅しをかけると、俊明はあわてて手ぬぐいとシャツを受けとった。もぞもぞと着替える様子を見つめながら、彰三はこれからどうしようかと考える。

(店が開くまでここにいるか？　それともどこかに出かけるか……)

時計を見れば、時刻はもうすぐ十六時になるところだ。「ゆきうさぎ」の開店まで時間をつぶせるところと言えば――

「あ」

脳裏に名案がひらめいた。あそこなら有意義な時間を過ごせる上に、さっぱりとした気分にもなれる。

立ち上がった彰三は、着替えを終えた俊明を見下ろした。大きなハイビスカスが描かれた赤地のシャツは、俊明が着るにはいささか派手ではあったが、背広よりもはるかに涼しげに見えるのでよしとする。寸法もなんとか大丈夫そうだ。

「そういう服も案外似合うじゃねえか。そんじゃ、出かけるぞ」

「え？」

きょとんとする俊明に、彰三は口の端を上げてこう答えた。

「飯を食う前に、汗はきっちり流しておかねえとな」


ランチタイムの営業を終えた大樹は、休憩をとったのち、夜の仕込みにとりかかった。

「早出にして悪かったな。予定とか大丈夫だったか？」

「平気だよ。講義、午前中で終わったし。今月は金欠気味だから稼がないと」

彰三からリクエストされた料理をつくることもあって、今日はいつもよりはやく慎二に出勤してもらった。星花と同い年の慎二は、現在大学二年生。和菓子屋「くろおや」の息子だが、跡取りではない。入学を機にひとり暮らしをはじめていて、碧とともに夜の「ゆきうさぎ」でバイトをしている。

慎二はアパートの近所にあるネットカフェでも働いており、実はそちらがメインだ。こちらの人手が足りなくなったときは臨時で入ってくれる傭兵《ようへい》のような存在で、予定をうまく調整してくれるので助かっている。

「金欠って、何か大きなものでも買ったのか？」

　慎二が住むアパートの家賃と学費は、彼の両親が払ってくれていると聞いた。バイトで稼ぐのは生活費と小遣いだが、派手に遊んでいる様子もないし、とりたてて金使いが荒いとは思えない。

　目をそらした慎二は、あさっての方向を見ながら答える。

「いやー……。ほら、先月は星花の誕生日だったじゃん。それでちょっと奮発して」

「ああ、なるほど」

　二十歳《はたち》になった記念なら、特別感も出るだろう。思い返してみれば、そのころの星花はやけに機嫌がよかった気がする。理由がわかれば納得だ。

「ちなみに何をあげたんだ？」

「それはノーコメント。あいつめっちゃ高いブランド物とかはほしがらないし、頑張れば買えるくらいのやつだよ」

　照れくさそうに言った慎二は、くるりと背を向けて仕込みをはじめる。

「あ、大兄！　このこと誰にも言うなよ！」

「わかってるよ。安心しろ」

　笑いを押し殺した大樹は、業務用の冷蔵庫に近づいた。

（タマはたしか十一月生まれだったな）

誕生日に関係なく、大樹がこれまで碧に渡したものは、千円にも満たないシュシュと金平糖くらいだ。碧はどちらもよろこんでくれたが、関係が変わったいま、今後の贈り物についてはきちんと考えなければ。金額がすべてではないが、自分もいい歳だし、そのあたりはしっかりしておきたいと思う。

浩介から聞いた話では、碧の術後の経過はよく、明日には退院できるらしい。本人の許しをもらったら、家まで見舞いに行くつもりだ。

「……さてと」

碧のことは気がかりではあるが、いまは仕事に集中しよう。

冷蔵庫からとり出したのは、昨夜のうちに仕込んでおいた鶏ガラスープの煮凝《にこご》り。新鮮な鶏ガラを使って出汁をとったスープを冷やし、ゼリー状にかためておいたものだ。煮凝りは包丁で刻んで崩しておき、豚ひき肉とみじん切りにした生姜、醤油やみりん、オイスターソースといった各種調味料をボウルに入れる。

「大兄、何か手伝おうか？」

「それじゃ、この肉ダネを練っておいてくれ。途中で煮凝りとゴマ油を加えて、粘《ねば》りが出てきたら冷蔵庫で寝かせる。冷やしたほうがあとで包みやすくなるからな」

「よし、まかせとけ」

肉ダネの作製を慎二に頼んだ大樹は、生地のほうをつくりはじめる。

材料は強力粉と薄力粉、塩と油、そしてぬるま湯を使う。ボウルに投入した材料を菜箸で混ぜ合わせ、生地がまとまってきたら、今度は手でしっかりこねていく。生地がなめらかになり弾力が出てきたところで、こちらも肉ダネと同じく冷蔵庫で冷やした。

「これ、彰三じいちゃんのリクエストなんだろ？　生地からつくるとけっこう手間がかかるんだなー」

「まあ、いつものお品書きには載せられないな。皮まで手づくりだと時間がかかるし、家庭でつくるなら市販の餃子の皮で代用できるぞ」

「ふーん、それでもいいいんだ」

生地と肉ダネを寝かせている間は、通常の仕込みを進めていく。

しばらくしてから、大樹は冷蔵庫を開けて生地をとり出した。

スケッパーで小さく分割し、打ち粉をふった台の上で、麺棒《めんぼう》を使って伸ばしていく。丸く広げた生地の中央には肉ダネ――餡《あん》を載せ、生地の端を軽く引っぱって襞《ひだ》をつくりながら、中の具材を包んでいった。しっかり包んでおかないと、熱を通したときに破れ、汁がこぼれてしまうので気を抜けない。

最後はきゅっとねじるようにして頂点を閉じれば、ようやく完成だ。

「これでよし。あとは蒸すだけだな」

料理の準備が終わるころには、開店時刻が近づいていた。

厨房から外に出た大樹は、床にゴミが落ちていないか、テーブルや椅子は汚れていないかなどを確認する。十八時になる少し前に暖簾《のれん》を出し、十分ほどが経過したとき、格子戸が開いてなじみの常連があらわれた。

「おっ、今日も一番乗りか」

「彰三さん、お待ちしてました」

「いやー、ここは涼しいな。外はまだ暑くてよ。汗流してきたばかりだってのに」

愛用の扇子で顔をあおぎながら入ってきた彰三は、いつもと同じく派手な柄のシャツに短パン、ビーチサンダルを身につけていた。麦わら帽子をかぶり、首に手ぬぐいをかけているから、どこかに行ってきた帰りなのかもしれない。

彰三は後ろにいる人物に、気さくに声をかける。

「まだ誰もいないから、遠慮しないで入ってこいよ」

「そうですか。では」

暖簾をくぐって姿を見せたのは、サングラスをかけた長身の男性だった。

身にまとっているアロハシャツは、彰三と色違いだろうか。上半身は開放感がただよっているものの、下半身はきっちりとしたズボンに革靴だ。自然に流した黒髪は、風呂にでも入ってきたのか、少し湿っているように見えた。

サングラスをはずした男性が、大樹に向けて「はじめまして」と頭を下げる。

「いらっしゃいませ。ご来店ありがとうございます」

挨拶を返した大樹は、カウンター席に近づいてくる男性――李俊明を見つめた。ホテルマンだと聞いていた通り、立ち居振る舞いが洗練されている。いまは彰三とおそろいのアロハシャツを着ているせいか、親分に従う子分のように見えてしまうが。

彰三と俊明が並んで席に着いたのを見計らって、大樹は冷たいお茶とおしぼり、そしてお通しを出した。

「へえ、今日は漬け物か」

「李さんがいらっしゃるって聞いて、紹興酒《しょうこうしゅ》で漬けてみたんです。漬けダレには花椒《ホアジャオ》と八角を入れたので、香りも立ってますよ」

八角はクセがあるため、苦手な人には別のお通しを用意している。彰三と俊明は大丈夫だったようで、漬け物に箸を伸ばした。厚めの短冊切りにした大根とニンジン、そしてキュウリの三種漬けを口に運ぶと、コリコリと独特の音が聞こえてくる。

「さっぱりしてて美味いな。いまの時季にはぴったりだ」

「香りもいいですね」

どうやら気に入ってもらえたようでほっとする。何を飲むかとたずねると、彰三の禁酒はまだ続いているのか、烏龍茶を注文してきた。俊明もそれに倣《なら》う。

慎二がふたりぶんの飲み物を用意する横で、大樹は竹製の中華せいろの底にクッキングペーパーを敷き、餡を包んだ生地をそっと並べていった。火にかけていたステンレス鍋の湯が沸いたところで、せいろをセットする。

蒸し上がるまでは七、八分といったところか。コンロから離れると、烏龍茶が入ったグラスを手に、彰三が口を開いた。

「さっき、俊明と一緒にあそこに行ってたんだよ。ほれ、国道沿いにある大きな銭湯」

「ああ、どうりで。風呂上がりみたいだなって思ってたんです」

彰三が言っているのは、隣町にできたスーパー銭湯のことだ。何年か前までは、この町にも昔ながらの銭湯があったのだが、時代の波に呑まれて閉店してしまった。経営していた主人は彰三の幼なじみだそうで、残念がっていたことを憶えている。

「お風呂は気持ちいいですね。いま住んでいるマンションにはバスタブがなくて」

漬け物を堪能しながら、俊明が話に加わってきた。

「向こうの人はあまりお湯につかりませんから、シャワーしかついていない家が多いんです。お義父さんに連れて行ってもらった銭湯はサウナもあったし、頼めばマッサージもしてもらえたし、リラックスできました」

「あそこのマッサージ師は腕がいいからなぁ。足ツボが特に上手《うま》い」

「でもお義父さん、だいぶ痛がってました」

「そこがいいんだろうが。おれにはこう、足の裏をぎゅっと押される刺激がいちばん効くんだよ。終わるころにはすっきりしてるしな」

「腰のマッサージのときは、気持ちよさそうに寝てましたね。イビキをかきながら」

「やかましいわ。おまえだってぶっ倒れる寸前までサウナにこもってただろうが」

軽口を叩き合うふたりの姿は親しげで、緊張感はなかった。いわゆる裸《はだか》のつき合いをしたからなのかもしれない。

「……っと、そろそろだな」

話をしているうちに、蒸し上がりの時間になった。

コンロに置いたせいろの網目からは、白い蒸気が漏れている。蓋《ふた》を開けると、中に閉じこめられていた蒸気がもわっと噴き出した。手づくりの生地はきれいにふくらみ、つやつやと光っている。

（よし、いい具合だ）

ゼリー状の煮凝りは、蒸したことでスープに戻っている。大樹はもっちりとした皮を破らないように気をつけながら、できあがった一口大の小籠包を器に移した。合わせ酢と刻んだ針生姜を添えて、彰三と俊明の前に出す。

「お待たせしました。こちら、予約注文の小籠包です」

「おお、美味そうだなあ。品書きにないのに無理言って悪かった」

「彰三さんの頼みなら、これくらいはお安い御用ですよ。本場の点心には及ばないでしょうけど、自信作なのでどうぞ」

笑顔ですすめた大樹は、ふたりにレンゲを手渡した。

「熱いので、火傷《やけど》には気をつけてください」

食べ方を知っている俊明は、迷うことなく箸をとった。小籠包の先端をつまみ上げ、合わせ酢に軽くつけてから、レンゲの上に載せる。

箸で皮を破ると、中からあふれ出るのは肉汁と混じり合った濃厚な鶏ガラスープ。熱々のそれを軽くすすってから、針生姜と一緒に口に入れる。

「ふはっ。あちち。いいねえ、風呂も料理も熱いうちに楽しまねえと」

俊明の真似をして小籠包を頬張った彰三が、嬉しそうに言った。俊明のほうはどうだろうかと視線を向ければ、彼はゆっくりと小籠包を味わって、飲みこんだところだった。ハンカチで口元を拭いてから顔を上げ、上品に微笑む。

「皮がやわらかくて、とてもおいしいです。中のスープの旨味もしっかりしていて」

「よかった。ありがとうございます」

本場のものを食べ慣れている人に出すのは緊張したが、よろこんでもらえたようだ。胸をなでおろす大樹の前で、彰三と俊明はおいしそうに小籠包を平らげていく。

「大ちゃん、ただいまー」

「いらっしゃいませ。お仕事お疲れさまです」

十八時半を過ぎると、仕事帰りの常連たちが続々と店に入ってきたため、大樹はそちらの応対に集中する。にぎわいはじめた店内で、注文の品を用意してひと息ついたとき、カウンター席の会話が耳に入ってきた。

「ところで、俊明のご両親はいまどこに住んでるんだ?」

「いまは上海市ですよ。少し前に、佳奈子さんと一緒に会いに行きました」

「ほう。で、どうだった?」

「僕もこの歳ですから、ついに決まったのかって大騒ぎでしたね。母は日本人なので、佳奈子さんとは話が合うみたいです。家族はみんな祝福してくれました」

「そうか……」

「お義父さんが心配しているのはわかります。僕はハーフとはいえ日本国籍は持っていないし、佳奈子さんより年下だから頼りなく見えるかもしれませんが……」

顔を上げた俊明は、「でも」と続ける。

「僕はこれからの人生を、夫婦として佳奈子さんと過ごしたいから、結婚を申し込んだんです。佳奈子さんがいるなら子どもがいなくてもかまわないし、ふたりで楽しく暮らすためには、努力は惜しみません」

「………」

何事か考えていた彰三は、ふいにシャツの胸ポケットに手を入れた。

とり出したのは、ちりめん生地でつくられたお守り袋。近所にある樋野《ひの》神社で授与しているものだろう。お守り袋の口を開いた彰三は、手のひらの上で逆さにした。

ころんと落ちてきたのは、赤い宝石がはめこまれた金色の指輪。男が身に着けるような代物ではない。つまみ上げたそれを見つめながら、彰三はおもむろに口を開く。

「これはな、啓子……佳奈子の母親に、おれが贈ったものなんだよ。婚約指輪ってやつだな。五十年以上も前のだから、若いモンには古くさく見えるだろうけど」

「婚約指輪……」

「啓子が亡くなってからは、おれが保管してたんだよ。でもまあ形見とはいえ、男が持っていてもな。佳奈子が嫁に行くときにやろうかと思ってたんだけど、一向にその気配がなくてさ。そんじゃ今回、帰国したときに渡しておくかーって」

しかし彼女は、相手を連れて帰ってきた。彰三は、指輪を俊明の眼前に差し出す。

「これは俊明、おまえが受けとれ」

「お義父さん」

「このまま佳奈子に渡してもいいし、使えるように直してからでもかまわん。どっちにしろ、年寄りの押し入れに眠らせとくよりはずっといい。啓子も本望だろうよ」

指輪を受けとった俊明は、「ありがとうございます」と言って、手のひらをぎゅっと握りしめた。そんな光景を見つめながら、大樹は「李さん」と声をかける。

「ご存じですか？　彰三さんは気に入った人ができると『ゆきうさぎ』に連れてきて、その人の好物を奢るんですよ。親愛の証《あかし》です」

「え……」

「李さんの好物は、小籠包だそうですね？」

そう言うと、意味を察した俊明の表情が、みるみるうちに明るくなった。

「――ま、そういうこった。不束《ふつつか》な娘だがよろしくな」

「はい！」

このふたりはきっと、これからも仲良くやっていけるだろう。大樹が確信したとき、格子戸が開いて短い髪の女性が姿を見せた。

「こんばんはー。ああ、やっぱりここにいたのね。アパートに行ったら留守だったから」

「おう佳奈子。仕事は終わったのか」

「ばっちりやってきたわよ。頑張ったらお腹すいちゃった。私も入れてー」

俊明が席をずれると、佳奈子は彼と彰三との間に腰を下ろした。大樹がおしぼりを渡すと、それで手を拭きながら、ほっとした表情になる。

「なんかふたりとも、やけに楽しそうじゃない。私がいない間に何があったの？」

「一緒に風呂に行って話しただけだぞ」

言葉を切った彰三は、口元に笑みを浮かべながら言った。

「近いうちに、遊びに行ってもいいかもな。香港に」

「え、ほんとに？　お父さん来てくれるの!?」

「ぜひいらしてください。そのときは僕がよろこんでご案内します」

佳奈子の烏龍茶を用意すると、三つのグラスが軽やかな音を立てて触れ合う。新しい家族ができたことを祝いながら、夜はゆっくりと更けていった。

第2話　葉月ピリカラ夏物語

七月十三日、十一時。

病院から自宅に戻った碧《あおい》は、一週間ぶりになるわが家の空気を思いきり——は傷に響くかもしれないので、控えめに吸いこんだ。

「ふう……。やっぱり家がいちばん」

冷房をつけ、リビングのソファに腰かけたとき、入院用の荷物を詰めたボストンバッグを手にした父が入ってくる。今日は平日だが、父は退院の手続きをするために半休をとってくれた。周囲を見回してみれば、リビングやキッチンはさすがに雑然としている。仕事に家事、そして娘の世話と、目まぐるしかったのだから無理もない。

「碧、バッグはどこに置いておく?」

「洗濯するものがあるし、洗面所かな」

「わかった」

(お父さんにもいろいろ心配かけちゃったな……)

洗面所に向かう父の背中を見つめながら、碧は深いため息をついた。

碧が救急搬送《はんそう》された病院は、ここから少し距離があった。しかし父は碧が入院している間、仕事の合間を縫《ぬ》って様子を見に来ていたのだ。責任のある立場だから、そうそう抜け出すことはできないはずだが、上司とかけ合って許可をもらったそうだ。

「生きていればこういうことも起こるよ。僕のことは気にしなくていいから、いまはゆっくり養生しなさい」

手術が無事に終わって病室に戻ると、父は碧と一緒に主治医の先生から話を聞いて、はじめての入院に不安がる自分をはげましてもくれた。こういうとき、支えてくれる家族がいるのは、とても心強くてありがたかった。

今日も父が車を出してくれたおかげで、家まで楽に帰ることができた。途中でスーパーに寄っておにぎりとお惣菜《そうざい》を買ってきたので、それを昼食にするつもりだ。

(一週間前のいまごろは、桜屋《さくらや》でケーキを選んでたんだっけ)

腹部の傷痕《あと》に手をあてた碧は、ぼんやりと考える。

あのときは腹痛こそ感じていたものの、まさか数時間後に救急車に乗る羽目になろうとは夢にも思っていなかった。手術も生まれてはじめてだったが、恐怖よりもはやく激痛から解放されたいと願う気持ちのほうが強かった。

自分が入院したことは、仲良くしている大学の友人ふたりと、大樹《だいき》が知っている。三人ともお見舞いに行ってもいいかと訊《き》いてくれたが、やんわりと断った。一週間の入院なら短いほうだし、気を遣わせたくなかったこともあるけれど、入院している自分の姿を家族以外にさらすのは、親しくしている人でも抵抗があったのだ。

「あ、そうだ」

家に帰ったことを、三人に知らせておこう。スマホを操作しようとした碧は、そこに表示されていた日付を見るなり動きを止めた。胸の奥がずきりと痛む。

――七月十三日……。

教員採用の一次試験が行われたのは、八日だった。碧が入院してから二日後だ。その日のためにずっと勉強してきたのに、自分は試験を受けることすらできなかったのだ。病気の発生は時と場所を選ばない。それはわかっていても、あまりの間の悪さにめまいがした。術後の痛みは引いても、ショックは消えない。

試験は年に一回だが、教員免許があれば次の年にも挑戦できる。だが、大学を卒業する時点で職が決まっていないのはまずい。父に申しわけないし、来年の試験を受けようが受けまいが、卒業までに何かしらの仕事を決めておかなければと思う。

(就職活動か……。まあ、もともと試験に落ちたらそうするつもりだったし)

そうやって自分を納得させなければ、行き場のない悔しさとやるせなさがあふれて、どうにもならなくなってしまう。

病院のベッドの上で、何度も言い聞かせた言葉を心の中で繰り返しながら、碧はアプリの画面を開いた。

三人にメッセージを送ると、友人ふたりからは三十分以内に返事がきたが、大樹はしばらくたっても既読がつかなかった。ランチタイムの営業中なので、確認するのは仕事が終わってからだろう。

(雪村《ゆきむら》さん、すごく心配してくれたな)

入院している間、大樹は一日に一度は必ずメッセージをくれた。

碧の気持ちをなごませようとしているのか、やけに陽気なスタンプが押されていたときは、びっくりすると同時に笑ってしまった。普段は文章だけの大樹が、どんな思いでそのスタンプを選んだのだろうと考えると、心の中があたたかいもので満たされる。

またあるときは、気まぐれにあらわれる野良猫たちの写真を撮って、送ってくれたこともあった。黒白猫の武蔵《むさし》はあいかわらずのつれなさで、トラ猫の虎次郎《こじろう》はいつもと同じく人なつこくて可愛《かわい》かった。

〈猫もいまの季節は暑いから大変ですね〉

〈そうだな　毛皮をとるわけにもいかないし〉

写真は野良猫たちが集まる神社で撮ったらしく、ベンチに座った大樹の膝《ひざ》には、くつろいだ様子の虎次郎がいた。同じベンチでは武蔵が香箱座りをしていて、大樹と少しだけ距離を空けているのが、なんとも武蔵らしかった。

保存した猫の写真を見ていると、通勤用の鞄を持った父が声をかけてきた。

「これから会社に行くけど、ひとりでも大丈夫か？」

「うん。忙しいのにいろいろごめんね」

「気にしなくていいって言っただろう。それじゃ、行ってくる」

「行ってらっしゃい。気をつけてね」

父を見送った碧は、母の仏壇に挨拶《あいさつ》をしてから昼食を摂《と》った。食後にリビングのテレビをつけ、ワイドショーを観ながらソファの上でうとうとしていたとき、手元のスマホがピコンと鳴る。ぼうっとしながら通知を見ると――

「雪村さん！」

とたんに眠気が吹き飛び、碧はいそいそと大樹からのメッセージを開いた。

〈退院おめでとう　調子はどうだ？〉

大樹が使っているアイコンは、自分で撮った武蔵の写真だ。口ではふてぶてしいだの可愛げがないだのと言っているものの、本当はそんなところが気に入っているのだろう。ちなみに碧は虎次郎の写真をアイコンにしている。

〈痛みはもうないですよ！　お仕事お疲れさまです　いま休憩中ですよね〉

〈ちょうど昼飯ができたところだよ　冷蔵庫の残り物で〉

メッセージのすぐあとに送られてきたのは、碧の大好物であるカレーライスの写真。深みのある色合いが食欲をそそるルーの中に、ナスやトマト、カボチャといった夏野菜がたっぷり入っている。賄《まかな》いだからさほど手間はかけていないはずだが、とても残り物とは思えない。いまにもスパイシーな香りがただよってきそうだ。

〈カレーだ！　いいなぁ　わたしも食べたい〉

〈タマは昼飯もう食べたのか？〉

〈はい　塩昆布入りの玄米《げんまい》おにぎりと、ひじきの煮物とサラダです〉

〈それも美味《うま》そうだな　ところで前にも訊いたけど、そろそろ見舞いに行っても大丈夫か？　明日かあさっての午後なら時間がとれるから〉

――お見舞いかぁ。

大樹の家にはこれまで何度かお邪魔したことがあったけれど、自分の家に招いたことはまだなかった。父にどう説明しようかと思ったが、あさっての日曜は休日出勤だと言っていたはず。土曜日に掃除をして、家の中を片づければ……。

（……いいよね？　雪村さんとはその……お、おつき合いをはじめたわけだし！）

その響きになんとも言えないくすぐったさを感じながら、碧は〈だったら日曜日はどうですか？〉と返信を打った。大樹の都合もつき、日程が決まる。

〈それじゃ、あさっての十四時に〉

〈お待ちしてます！〉

やりとりを終えた碧は、ふうっと息をついてソファの背もたれに寄りかかった。

この家に大樹が来るのかと思うと、嬉《うれ》しいと同時にそわそわする。なんだかじっとしていられなくなり、立ち上がった碧はとりあえず洗濯をしようと、洗面所に向かった。


それから二日後の、十四時少し前。

サウナにでもいるかのような猛暑の中、大樹は玉木《たまき》家がある五階建てのマンションに到着した。夜のバイトが終わったあと、碧をマンションの出入り口まで送ることはあったが、中に入るのは今回がはじめてだ。

（タマの家は三階だったな）

オートロックつきの自動ドアを通った大樹は、エレベーターで三階に上がった。三〇一号室のインターホンを鳴らすと、わずかな間を置いて扉が開く。

「雪村さん、いらっしゃいませー」

「家まで押しかけてきて悪かったな。迷惑じゃなかったか？」

「迷惑だなんて、そんなことないですよ。どうぞ上がってください」

そう言って笑った碧は、思っていたより元気そうだったのでほっとする。丈の長い丸首のワンピースに、薄手の七分袖《そで》カーディガンをはおった彼女は、いつもと違って髪を下ろしていた。頭皮に負担をかけないために、家ではあまり結ばないらしい。

玄関に足を踏み入れたとき、柚子《ゆず》のようにさわやかな香りが鼻腔《びこう》をくすぐった。靴箱の上に洒落《しゃれ》た形の芳香剤が置いてあるから、それだろう。

「あ、スリッパスリッパ」

お邪魔しますと言った大樹が靴を脱ごうとすると、碧は思い出したかのように戸棚を開け、来客用のスリッパを出してくれた。目線を落とせば、碧が履いている白地のスリッパには何匹もの黒猫がプリントされている。碧は自分と同じく猫好きだが、マンションでは飼えないので残念がっていた。

大樹は碧に案内されて廊下を通り、リビングに入る。

きちんと片づけられたそこは、対面式のキッチンとダイニングが同じ空間にある、オーソドックスなLDKだ。家具や敷物は落ち着いたベージュや茶色でまとめられ、レースの白いカーテン越しに、午後の日差しが降りそそぐ。テーブルや飾り棚、床の上には大小さまざまな観葉植物が置かれていて、すがすがしい印象だった。

――タマと浩介《こうすけ》さんは、この場所で毎日を過ごしているのか。

あのキッチンで碧が料理をして、ダイニングで食事をする。リビングでは浩介がソファに腰かけて、晩酌《ばんしゃく》をしながらくつろぐ。そんな親子の姿がごく自然に想像できた。

「観葉植物がたくさんあるな。世話するの大変だろ」

「そうですねー。でも、母が大事にしていたので」

言いながら、碧は近くに置いてあった鉢植えの葉に触れる。生き生きとした植物は、碧と浩介が大切に世話をしているという何よりの証《あかし》だ。

(タマのお母さんか……)

サイドボードの上に飾られていた家族写真が目に入る。七五三のお祝いだろう。桃色の着物に千歳飴《ちとせあめ》を手にした小学生くらいの碧と、スーツ姿の両親が笑顔で写っていた。

碧の亡き母、知弥子《ちゃこ》は何年か前、一度だけ「ゆきうさぎ」に食事に来たことがあるらしい。残念ながら大樹の記憶には残っていなかったが、同席していた人の話では、出された料理を褒《ほ》め、おいしそうに食べていたという。

自分の両親は幸いにも健在で、いまのところ大きな病気もしていないから、普段はあまり考えることはないけれど。もっとも近しい身内である親を喪《うしな》ったらと思うと、想像するだけで胸が苦しい。

身内を亡くす痛みは、その人よりもはやく自分が逝《い》かない限り、誰もが経験することではあるだろう。覚悟をしていてもつらいはずなのに、高校を出たばかりの若さで、とつぜん母親を喪ってしまった碧の衝撃と悲しみは、察するに余りある。

三年がたったいま、碧も浩介も表面上は立ち直り、平穏な生活をとり戻しているように見える。しかし家族を亡くした痛みは、完全に消えるわけではないと思うから、心のどこかにさびしさをかかえながら生きているのだろう。

「雪村さん、いまお茶淹《い》れますね」

「ああ。……あのさ」

知弥子に挨拶したいと言うと、碧は驚いたように目を見開いた。すぐに嬉しそうな顔になり、ありがとうございますと答える。

「お母さん、雪村さんが来てくれたよー」

リビングの隣にある和室に入ると、仏壇に向かって碧が声をかけた。

仏壇には小ぶりのメロンとカステラが供えてある。花瓶《かびん》に活《い》けられた仏花はみずみずしく、常に気を配っていることが感じられた。

遺影の知弥子はおだやかに笑っている。碧は父親似だと思っていたが、こうしてじっくり見てみると、口元や全体的な雰囲気は、母親のそれを受け継いでいた。

「知弥子さんは知ってるのか？　俺たちのこと」

「え！　ええと……そうですね。報告はしました」

碧は照れくさそうにうなずいた。それならこちらもしっかり挨拶しなければと、仏壇の前に正座した大樹は、火がついた線香を立ててから両手を合わせる。

（はじめまして……じゃないかもしれませんけど）

もしかしたら過去のどこかで顔を合わせ、会話をかわしていたかもしれない人に向けて語りかける。知弥子は自分が惹《ひ》かれた碧を産んで育てた人だ。いまでも元気だったら、いろいろなことを話してみたかった。

——これからよろしくお願いします。

そんな言葉で締めて、顔を上げる。さきほどよりも遺影の笑顔がやわらかくなっているような気がしたが、自分の願望がそう見せているのだろう。

「雪村さん、お茶にしませんか？　おいしい紅茶があるんです」

リビングに戻ると、碧が紅茶の缶を掲げた。それを見て、自分が持ってきた土産《みやげ》のことを思い出す。大樹は桜屋洋菓子店のロゴが入った、小さな紙袋を碧に渡した。

「ヨーグルトクッキーなんだけど。タマ、前に好きだって言ってただろ」

「うわあ、嬉しい！　ありがとうございます」

「本当は俺がつくったバターチキンカレーでも持っていこうかと思ったんだけど、病み上がりだしな。カレーはまた今度にしよう」

「バターチキン……。うう、なんて魅力的な言葉……。病院のご飯、薄味で量も足りなすぎて。しかたのないこととはいえ、空腹で気が遠くなりました」

「そりゃ、タマが普段食べる量からすれば足りないよなぁ」

苦笑した大樹は、碧を手伝いふたりぶんの紅茶を淹れた。持ってきたクッキーと、碧の家にあったレモンカステラをお茶請けにする。カステラは浩介が「くろおや」で買ってきたものらしく、蜂蜜《はちみつ》の甘さとレモンの香りが夏らしい限定品だ。

「そうだ。このクッキーにジャムつけて食べましょう。雪村さんお手製の」

冷蔵庫を開けた碧は、以前に大樹がつくったブルーベリージャムの瓶をとり出した。果物をしぼってジュースにしたり、甘く煮詰めてジャムやシロップにしたりするのは、仕事というより趣味の一環だ。つくり過ぎたものは親しい人に分けている。

大樹と碧は三人がけのソファに並んで座り、紅茶とお菓子を堪能《たんのう》した。桜屋の奥さんが焼いているクッキーには水切りヨーグルトが使われていて、さわやかな酸味とソフトな食感が特徴だ。甘酸っぱいブルーベリージャムとも合っている。

「おいしい……。甘いものって、食べると幸せな気分になれますね」

　クッキーを噛《か》みしめながら、碧がうっとりとした表情でつぶやく。その顔が本当に幸せそうだったので、こちらまで口元がゆるむ。

「雪村さんって入院したことあります？」

「いや、ないな」

「そっか。健康なのはいいですよね。わたしも今回のことで、健康のありがたみがよくわかりました。救急車とかもう乗りたくないし」

　そのときのことを思い出したのか、碧は眉間《みけん》にしわを寄せる。

　入院中のできごとについては、訊かれたくないかもしれないと思って黙っていたが、碧は自分から話してくれた。見舞いを断ったのも、やはり弱った姿を見られたくなかったからのようだ。

「あのときはすみませんでした」

「別にあやまることじゃないだろ。そういうのが嫌な人もたくさんいるはずだし」

　家に招いてくれたのは、もう大丈夫だという確信を持てたからだろう。いまの碧は顔色もよくなったし、病気の名残も感じられない。

　これならもう心配ないかと、安堵《あんど》したときだった。紅茶のカップをソーサーに置いた碧が、神妙な面持《おもも》ちで「あの」と口を開く。

「今後のこと……なんですけど。雪村さんは知ってますよね？　試験のこと」

「ああ……。残念だったな」

「運が悪いにもほどがありますよね。なんでよりによってこの時期に」

碧は悔しそうに顔をゆがめた。

カップを持つ手が小刻みにふるえている。一年に一度しかない大事な試験を、不可抗力で受けることができなかったのだから、無理もない。入院中に気持ちの整理はしたのだろうが、人生を左右することだし、そう簡単に割り切れることでもないはずだ。唇を噛みしめてうなだれる姿が、それを証明している。

自分は碧がどれだけ頑張って勉強していたのかを知っている。だから今回はしかたがないとか、また来年受ければいいとか、上辺だけの言葉は言えない。それでもなんとかなぐさめたくて、手を伸ばした大樹は、碧の頭にそっと触れた。何度か撫《な》でると、目を閉じた碧は深呼吸をして、心を落ち着かせようとする。

「……ありがとうございます。雪村さんがいてくれてよかった」

やがて顔を上げた碧は、やわらかく微笑《ほほえ》んだ。たいしたことはできないが、自分がいることで彼女がやすらぐというのなら、それは嬉しい。

「これからどうするのか、決めたのか？」

「はい。もともと試験に落ちたら、別の就職先を探すつもりだったんです。でも、教員になりたい気持ちは変わりません。国公立がだめでも私立があるし、どこかの学校で講師をしながら、来年の試験を受けようかとも考えてます」

「そうか」

「私立の専任教員は募集が少ないから、非常勤の講師になるかもしれないけど……。とりあえずやれるだけのことはやってみます」

しっかりとこちらの目を見て答えた碧の表情に、迷いはなかった。そこまでの境地に至るまでに、きっと悩み抜いたに違いない。その上で決めたことなのだから、もう何も言うことはないし、うまくいくことを願うばかりだ。

しばらくは就職活動で大変だろうが、たまには息抜きも必要だろう。

「……あ、そうだ」

碧の試験が終わったら、一緒に行こうと思っていた場所があったのだ。スマホをとり出した大樹は、碧を手招いて画面を見せた。

「来月に隣の市でやる花火大会なんだけどさ、今年は水曜にやるんだよ。定休日だから俺も行けるし……。うちの近くでやる花火は土日だから、ずっと行けなかっただろ？　そんなに遠い場所でもないし、どうかと思って」

「花火……！」

「よかったらふたりで行かないか？」

　ここなら知り合いと会う可能性も低いし、ふたりで楽しめると思ったのだが、どうだろうか。碧を見ると、彼女は嬉しそうに両目を輝かせている。

「行きましょう！　予定、空けておきます」

「よし。決まりだな」

　碧がずっと花火大会に行きたがっているのを知っていたので、やっと実現させることができてよかった。視線を合わせて微笑んだ大樹と碧は、声をはずませながら、ふたりで過ごす夏の計画を練りはじめた。


　八月一日、水曜日。

　作業を終えた引っ越し屋を、宇《う》佐《さ》美《み》零一《れいいち》は甥《おい》の大樹とともに見送った。トラックが見えなくなると、大樹が「零一さん」と声をかけてくる。

「荷物の整理をしていてください。俺は夕飯の支度をするので」

「俺のぶんはいらないぞ。適当にやる」

「ひとりもふたりも、手間は同じでしょう。気にしないでください」

小さく笑った大樹が家に入ると、零一も甥のあとに続いて中に足を踏み入れた。

両親が定年後に移住し、亡くなるまで住んでいた家には現在、姉の息子である大樹がひとりで暮らしている。

正式に相続したので、ここは大樹の持ち家だ。部屋が空いているから使ってもかまわないと言われたが、もし大樹が既婚者だったら、さすがに辞退していただろう。しかしそうではなかったため、しばらく厚意に甘えることにした。

もちろん、いつまでも居座る気は毛頭ない。東京での生活が落ち着いて、ある程度の金が貯まったら、アパートを探して移り住むつもりだ。

(けど、いくらなんでも人がよすぎるだろ……)

感心半分、あきれ半分でそう思う。いくら身内とはいえ、自分を追いつめた相手なんて放っておけばいいのに、見捨てるどころか手を差し伸べてくるとは。

しかし正直なところ、大樹の申し出は非常にありがたかった。この家は妻が入院しているる病院から比較的近い場所にあるので、いつでも見舞いに行ける。家賃もとらないと言ってくれたので、金も貯まりやすいだろう。妻の医療費を稼ぎ、大樹から受けた恩に報《むく》いるためにも、これからしっかり働かなければならない。

「甥御さんには感謝しないと。住むところだけじゃなくて、仕事までお世話してくださったんでしょう？　なかなかできることじゃないわ」

「そうだな。あいつの気質は本当に、おふくろとよく似てる」

妻との会話を思い出しながら、零一は一階にある六畳の和室に入った。

（おふくろの部屋か……）

そこには零一が荷造りした段ボール箱や家具が運びこまれている。生前の母が使っていたという部屋を、大樹は自分に貸してくれた。母はもういないが、その気配を少しでも感じることのできる場所は、やはり心がやすらぐ。

甲府《こうふ》の住まいを引き払うとき、持っていくものは可能な限り減らしたのだが、妻の私物もあるため、思っていたより大荷物になってしまった。和室に入らなかったものは、二階の空き部屋と、近所のレンタル倉庫に置かせてもらっている。

――二部屋の占領は、やっぱり悪いよなぁ……。

大樹にいつまでも気を遣わせるわけにもいかないし、長居はせず、できるだけはやめにアパートを探そう。そんなことを考えながら、零一は「日用品」と黒マジックで走り書きした段ボール箱から、すぐに必要になるものをとり出した。汗をかいたので着替えをしたのち、居間と続き部屋になっている小さな和室に入る。

仏壇の前に座った零一は、両親の遺影に向けて手を合わせた。

「しばらく厄介《やっかい》になるよ。親不孝者だけどよろしくな」

まさか自分がこうやって、ふたたび両親と向かい合う日が来るなんて思ってもいなかった。できることなら生きているうちに和解したかったけれど。

「そうだ。まだ紹介してなかったたな。俺の家族」

零一はアルバムの中から抜きとった二枚の写真を、仏壇に供えた。

「こっちが最初に結婚した佐苗《さなえ》だ。舞台女優をやってたんだけど、まだ娘が小さいときに交通事故で亡くなって……」

まずは二十四年前に喪った妻を紹介する。彼女は零一の両親に会いたがっていたが、結局その願いをかなえてはやれなかった。後悔してもしきれない。

「この子は佐苗との間にできた娘で、めぐみっていうんだ。大樹と同い年でさ、母親似だから俺とはあんまり似てないな。隣にいるのが再婚相手の紫乃《しの》で……」

写真を指差しながら説明していると、台所のほうからいい匂いがただよってきた。大樹がつくっている夕食だろう。味噌の香りが鼻腔をくすぐる。

「大樹も俺も同じ道に進んだのは、宇佐美の血が流れてるからだろうな」

心から料理を愛していた母と祖父を思い出し、零一の顔に笑みが浮かぶ。

自分の娘は料理人にはならなかったが、管理栄養士という、食事に関係する仕事に就いた。大樹はまだ独身だが、いつか子どもを持てば、その子や孫が「ゆきうさぎ」を受け継いでいくかもしれない。自分や大樹の血がつながっていく限り、今後も誰かしらが料理にかかわっていくのだろうと思う。

「めぐみは秋に結婚するんだ。もし子どもが生まれたら、俺もついに『おじいちゃん』だな。ダチや知り合いも、何人かは孫持ちでさ。まだまだ若いつもりだったけど、もうそんな歳《とし》になったのかって思うと感慨《かんがい》深いよ」

そう言って、零一は肩をすくめた。

自分が両親と別れ、実家を出たのは二十歳《はたち》のときだった。それから三十年以上の年月が過ぎたが、こうして両親と向き合って話していると、まだ若く未熟だった自分があらわれる。両親にとっての自分は孝行息子とはとても言えなかったが、妻や娘にとってはよい夫であり、よい父親でありたい。

静かに両手を合わせ、両親に誓いを立てたときだった。居間と仏間の境目から、大樹が遠慮がちに声をかけてくる。

「零一さん、夕飯できましたよ」

「ああ、いま行く」

立ち上がった零一は仏間を出て、ダイニングに向かった。

中央に置いてあるのは、年季が入った四人がけのテーブル。その上では、大樹が用意した夕食の皿が湯気を立てていた。

「これは……」

「ナスを使った肉味噌の素麵《そうめん》です。今日も暑かったし、米を炊《た》くよりさっぱりするかなと思って。あ、いまさらですけど苦手なものとかありますか？」

「この中にはないから平気だよ」

「ちなみにそれは？」

「鯖《さば》。不本意ながらアレルギー持ちでな。食べると蕁麻疹《じんましん》が出るからかゆくてたまらん。あとは納豆か。あのにおいと粘《ねば》つきがどうにも受け入れがたくてな……」

料理人といえども好き嫌いはある。わかりましたと答えた大樹は、ふたりぶんの箸《はし》を並べながら話を続けた。

「アレルギーは怖いですから、鯖は出さないように気をつけます。納豆はそもそも買わないので大丈夫ですよ。実は俺も苦手で」

「なんだ、おまえもか」

「栄養があるのはわかってるんですけどね。こればっかりは」

大樹は苦笑しながら言う。

苦手なものが同じだと判明すると、親近感が湧いてくる。では好物は何かと訊くと、大樹は「ナス料理ならなんでも」と即答した。その瞬間、両目が嬉しそうに輝いたので本当に好きなのだろう。あらためて視線を落とすと、今夜の料理にも、角切りにしたナスがたっぷり入っているのが見てとれた。

「どうぞ。お代わりもありますから」

「ああ」

席に着いた零一は、おもむろに箸をとった。

肉味噌の素麺は、家庭ではよく食べられている一品で、特にむずかしい料理というわけではない。大樹がつくったそれは、市販の素麺を茹《ゆ》で、その上に手づくりの肉味噌と温泉卵、さらに細かく切ったトマトと小ネギが散らしてあった。

「肉味噌に豆板醤《トウバンジャン》を入れたので、ちょっと辛いですよ」

「お、いいじゃないか。夏は辛いものが美味いよな」

いただきますと言った零一は、まずは肉味噌だけ箸でつまんで口に入れた。よく嚙んで味わう。使われているのは豚ひき肉に生姜《しょうが》、各種調味料と、あとは赤味噌だろうか。味つけはやや濃いめで、ピリ辛の豆板醤が食欲を増進させてくれる。

「へえ、ちょうどいい辛さだ。ニンニクも入ってるな」

「ほんの少しですけどね。隠し味程度に」

肉味噌を堪能した零一は、温泉卵の黄身を崩した。とろりとしたそれを全体に絡めてから、麵をすする。ほどよい辛さになった肉味噌が、冷水で締めたコシのある素麵によくなじみ、温泉卵も加えたことでまろやかな味わいになった。生姜や小ネギの香りも利《き》いていて、さっぱりとした口当たりが心地よい。

(美味い……)

引っ越し作業で疲れていた体に、活力が戻ってくるような気分だ。やわらかく炒《いた》めたナスも、こってりとした肉味噌によく合っている。

料理人に必要なものは、技術とセンス。そして鋭敏《えいびん》な五感だ。好みの味は人によって違うから、万人の舌に合う味つけは存在しない。それをわかった上で自分の味覚を信じ、技術とセンスを磨き、ひとりでも多くの人に「おいしい」と思ってもらえるような料理を追求し続ける。一流の料理人というのはそういうものだ。

料理をはじめてから十年、ひとり立ちしてから三年半の大樹は、この道三十年の零一からすれば、まだまだ若造に過ぎない。未熟なところも多々見受けられるが、大樹はいずれ一流の料理人になれるだろう。その資質があると、零一は思う。

――こういう人間と、また一緒に店をやれるとはな。

甲府で洋食屋をやっていたとき、共同経営者であり昔からの友人でもある相棒は、自分が認める数少ない料理人のひとりだった。腕はよかったのだが、残念ながら自分ともども経営の才能には恵まれず、十年たたずに店を手放すことになってしまった。

あのとき感じた悔しさは、もう経験したくない。幸い、大樹には自分にはない経営手腕を持っているようだし、大丈夫だろう。

（これが最後の機会……なのかもな）

五十を過ぎた自分を料理人として雇ってくれる店なんて、「ゆきうさぎ」以外には見つからないだろう。雇われて働くのだから、給料以上の利益が出るよう、売り上げに貢献しなければならない。

これから「ゆきうさぎ」で出会うであろう人たちに、胸を張って「自分は料理人だ」と言えるように――

「そうだ。零一さん、仕事のことなんですけど」

顔を上げると、向かいに座る大樹と目が合った。

「いつからはじめましょうか？　最初はいろいろ説明しないといけないし、シフトもほかのスタッフとの兼ね合いを考えないと」

「俺はいつでもかまわんよ。なんなら明日からでも」

「それはさすがに疲れるでしょう。とりあえず明日は休んで、荷物の整理や紫乃さんのお見舞いに行ってあげてください。引っ越しの報告をしておかないと」

「まあ、たしかにな」

「仕事はあさってからでどうですか？」

「わかった。そうしよう」

　話がまとまると、大樹がすっと立ち上がった。何をするのかと思いきや、あらかじめ用意してあったお代わりの素麺と肉味噌を盛りつけている。人が食べているのを見ると、なぜか自分もほしくなってくるもの。零一は「大樹」と声をかけた。

「お代わり、俺にももらえるか？」

「ええ」

　おだやかに答えた大樹が、渡した皿にお代わりを入れてくれる。これからはじまる新しい生活を楽しみに思いながら、零一は大樹から大盛りの皿を受けとった。


　小料理屋「ゆきうさぎ」に、新しい料理人が入ったらしい。

鳴瀬隼人《なるせはやと》がそんな話を聞いたのは、職場にほど近い繁華街にあるラーメン店で、名物の激辛担々麺《タンタンメン》をすすっていたときのことだった。

「それも他人じゃなくて、大樹さんの叔父《おじ》さんなんだそうですよ」

隼人の隣で脂汗《あぶらあせ》をにじませながら教えてくれたのは、去年まで「ゆきうさぎ」でバイトをしていた三ケ田菜穂《みかたなほ》だ。親しみをこめて「ミケ」と呼ばれている彼女の前にも、炒りゴマを練ってつくった芝麻醤《チーマージャン》と、唐辛子入りの豆板醬を加えた濃厚なスープにひたる、熱々の担々麺が入ったどんぶりが置かれている。

この店の担々麺は、これまで隼人が食べたことのあるものの中で、一、二を争うほど美味いと思う。四川《シセン》で修業したという店主が煮込む秘伝のスープは絶品で、一口飲んだら気持ちのよい辛さと旨味《うまみ》の虜《とりこ》になってしまう。大きなひき肉でつくった肉そぼろは、嚙めば嚙むほど肉汁があふれ出し、白いご飯がほしくなるような味つけだ。

最高のスープと肉そぼろ、そしてしゃきっとした食感のモヤシに青梗菜《チンゲンサイ》。スープによく絡んだ縮れ麺は、一度食べたら忘れられない一品だ。

そんな店で菜穂と会ったのは、まったくの偶然だった。昼休みにふと辛いものが食べたくなり、近所で評判の店に入ると、先客として彼女がいたのだ。隼人は三年ほど前から「ゆきうさぎ」に通っているので、菜穂とは面識がある。

「ミケちゃんはその人に会ったの？」

「はい。おととい夕飯を食べに行ったときに」

大きな息をついた菜穂は、タオル地のハンカチで、額《ひたい》ににじんだ汗をぬぐった。コップになみなみとそそがれた冷たい水を、一気に飲み干す。

「まだ三日目くらいって言ってたかな。大樹さんと顔がそっくりで驚きました。はじめて見たとき、お父さんかなって思いましたもん」

「へえ、そんなに似てるんだ？　それは気になるな」

「渋いおじさまって感じで素敵ですよー。なんていうか、昔の映画俳優みたいに格好良くて。大樹さんも二十年後くらいにああなるのかも」

「何、ミケちゃんって、もしかして年上好き？　だったら俺なんてどう？」

「一般的な感想を言っただけです。別に年上のほうがいいってわけでもないですよ」

「うわ、一秒でふられた」

「何言ってるんですか。いまの私が夢中なのは、この担々麵です」

隼人の軽口をさらりとかわした菜穂は、ふたたび麵をすすりはじめる。

（意外に豪快だな）

菜穂は来年で四十になる隼人よりも、ひとまわり年下だ。

若い女性がひとりで入るには勇気がいる店だと思うのだが、彼女はあまりそういったことを気にしない質《たち》らしい。洒落っ気のあるものなど何ひとつない店内で、むさ苦しい男たちに交じって激辛担々麺をすする姿は、なかなか男前だ。

「それにしても。こんな路地裏の店、ミケちゃんよく知ってたね？」

ここは繁華街のはずれにある、古くて狭い昔ながらの店だ。味は申し分ないのだが、店主の意向で、取材等のメディア露出はすべて断っている。「ゆきうさぎ」のように、常連から教わらなければ気がつかないような、知る人ぞ知る店なのだ。

顔を上げた菜穂は、口元をハンカチで押さえてから答える。

「人に教えてもらったんですよ。ここでおいしい担々麺が食べられるって」

「ふぅん、もしかして彼氏？」

「……友だちです」

微妙な間と表情から、男だなと確信する。あまり触れられたくなさそうだったので、これ以上は訊かないほうがいいだろう。少しつついてみたいと思う悪戯《いたずら》心もあったが、空気の読めない迷惑者とは思われたくなかったので自重する。

（まあ、小柄《こがら》で可愛い子だし、そういう相手のひとりくらいはいるよな）

「ふー……。美味いけど、やっぱりこの辛さは胃にくるな」

担々麵を完食した隼人は、かけていた眼鏡をはずした。ハンカチをとり出し、目のまわりににじんだ汗を拭く。

「すみませーん。マンゴープリンひとつください！」

同じく担々麵を平らげた菜穂が、デザートを注文している。

水を飲んでも口の中の火事はおさまりそうにない。自分も甘いものを頼もうかと、メニューに手を伸ばしたときだった。シャツの胸ポケットに入れてあったスマホが、メッセージの受信を告げる。

「げっ……予定繰り上げかよ」

メッセージを送ってきたのは秘書だった。すぐに戻れとの指示に、思わず肩を落としてしまう。呼び出しは日常茶飯事《さはんじ》だが、どうやらデザートは食べられそうにない。

「お仕事ですか？」

「うん。残念ながらデザートはおあずけだ。あ、女将《おかみ》さん、会計はふたりぶんね。この子のぶんも一緒に払うよ」

接客を担当している女将に声をかけると、菜穂が驚いたように目を見開いた。

「えっ、これくらい自分で払いますよ！」

「いいからいいから。ここはお兄さんにまかせなさい」

にっこり笑った隼人は、戸惑う彼女を言いくるめて会計をした。レジを打った年配の女将が、「いつもありがとう」と言いながらお釣りを渡す。

「社長さん、今日も忙しそうねえ」

「仕事があるだけありがたいですよ。嬉しい悲鳴ってやつかな」

「働き盛りなのはけっこうだけど、体は壊さないように気をつけなさいね」

母親のような気遣いに感謝しながら、隼人はお釣りを受けとった。

そういえばここ数年、実家に帰っていない。両親は北海道の富良野《ふらの》で農業を営んでいるけれど、自分の仕事が忙しくてなかなか帰省の時間がとれないのだ。両親とは定期的に電話で話しているが、六十を過ぎてもまだまだ元気に畑の世話をしているらしい。

(年末年始の予定を調整するか。でも帰ったら帰ったでうるさいし)

隼人はひとり息子だが、家業は親戚が継ぐから考えなくていいと言われている。それはありがたいのだが、ずっと独り身なので、帰省すれば「誰か相手はいないのか」という攻撃にさらされるのは目に見えていた。結婚にはあまり興味がないのだと言っても、昔《むかし》気質《かたぎ》の両親にはなかなか理解してもらえない。

最近、兄弟のように育った父方の従弟《いとこ》夫婦の間に、待望の第一子が生まれた。従弟は隼人よりも年下なので、両親はさらにやきもきしていることだろう。

(だからって、いつかみたいに見合い話を持ってくるのは勘弁してほしいなあ)

困った過去をふり返りながら、会計を終えた隼人は外に出た。冷房の効いた店内から一転した暑さに、顔をしかめる。担々麺で力をつけておいてよかった。この夏はしっかり食べて体力を蓄《たくわ》えないと、猛暑——いや酷暑に負けてしまう。

(仕事が終わったら肉を食べよう。焼き肉屋で食べ放題だ)

夏用のジャケットをはおった隼人は、会社に戻るために歩きはじめる。

しかしその日は結局、夜遅くまで仕事に忙殺《ぼうさつ》されることとなり、食べ放題はかなわぬ夢と化したのだった。

隼人が大学時代の仲間たちとイベント企画会社を立ち上げたのは、いまから十年前のことだった。進学を機に上京し、卒業後も東京に残った隼人は、当時勤めていた企画会社から独立して、小さな会社を設立したのだ。

市内で行われる催し物を企画したり、主催者である企業や団体から依頼を受けて、イベントの運営を代行したりすることが主な仕事だ。地域密着が売りなので、少しでも知名度を上げようと、ローカルなタウン情報誌も発行している。

最初の何年かは綱渡りだったが、ここ二、三年は経営も安定し、信頼度も上がってきたと思う。大きかったのは、五年前から請《う》け負《お》うことになった、市内で毎年開催される花火大会の運営だろう。そこで成功をおさめたおかげで評判が高まり、少しずつ依頼が増えていくようになったのだ。

今年の花火大会は、来週に迫っている。時間をかけて準備してきたので、抜かりはないはず。社長といっても、社長室でふんぞり返って上から指示を出すだけではない。隼人はいつも率先して現場に出ては、ほかの社員たちと力を合わせて働いている。

「はあ……やっと終わった」

この日も秘書とともに最後まで会社に残っていた隼人は、仕事を終えると疲れた体を引きずりながら退社した。会社が入っているテナントビルを出るころには、時刻はすでに二十二時。夕食を摂っていないし、間食もしなかったため空腹で倒れそうだ。

こんな気分になったとき、自分が向かう先はただひとつ。

繁華街を抜けた隼人は、駅の反対側にある商店街に向かった。ほとんどの店はすでに閉まっていたが、「ゆきうさぎ」はまだ開いている。格子戸《こうし》を引いて白い暖簾《のれん》をくぐると、カウンターの内側にいた店主の大樹が「いらっしゃいませ」と迎えてくれた。

「こんばんは、鳴瀬さん。お疲れさまです」

「いやー……今日はほんとに疲れた」

よろよろとカウンター席に近づいていくと、そこにはひとりの客がいた。二十六、七ほどの年頃で、気だるそうな顔をした青年は、向かいにある洋菓子店の息子で、常連仲間の桜屋蓮《れん》だ。現在は南青山《みなみあおやま》のパティスリーで働いているという彼は大樹の友人でもあり、ときどきここまで飲みにやってくる。

蓮の会釈《えしやく》に応《こた》えた隼人は、彼からひとつ空けた席に腰を下ろした。ラストオーダーの時間が近いため、客は自分と彼だけだ。

こんなときは蓮のようにビールや日本酒で一杯やってみたいが、あいにく自分は下戸《げこ》である。一口で真っ赤になるくらいに弱いため、楽しく酒が飲める人がうらやましい。こればかりは体質なのでどうしようもないが。

「そうそう、大樹くん。よかったらこれ、もらってくれないか?」

手にしていたビニール袋を手渡すと、大樹が目を丸くする。

「これは」

「実家でとれたとうきび。昨日、親が大量に送ってきてさ。うちの社員たちに配ったんだけどまだ残ってたから。手前味噌だけど糖度が高くて美味いよ」

「ありがとうございます。トウモロコシ、零一さんが好きなんですよ」

はじめて聞く名に首をかしげたとき、「おい大樹、酒はこれでいいのか？」という声とともに、裏の厨房《ちゅうぼう》から五十代と思《おぼ》しき男性が姿を見せた。大樹と同じエプロンをつけ、酒瓶を手にしたその人を見るなり、隼人はぽかんと口を開ける。

（大樹くんの二十年後……）

ということは、この人こそ菜穂が話していた大樹の叔父なのだろう。彼女が驚いたのもわかる。たしかに親子と思われてもおかしくないくらいによく似ていた。

「鳴瀬さんは初対面ですよね。こちらは――」

「大樹くんの叔父さんなんだろ？　はじめまして、鳴瀬です」

「宇佐美です。少し前からここで働いています。よろしくお願いします」

挨拶をした零一が頭を下げる。大樹がとうきび――トウモロコシを見せると、嬉しそうな顔でお礼を言った。よろこんでもらえたようで何よりだ。好物ならきっと、おいしく調理して食べてくれるだろう。

「でも鳴瀬さん、どうして叔父のことをご存じだったんですか？　まだ店に出てから一週間もたってないのに」

「ミケちゃんから聞いたんだよ。おととい、ラーメン屋で偶然会ってね」

「ラーメン屋？」

反応したのは大樹ではなく、グラスをかたむけていた蓮のほうだった。

「それってもしかして、駅の向こう側にある店ですか？　担々麺がおいしいところ」

蓮が口にした名前はまさしく、二日前に隼人が食事をした店だった。もしやと思ってたずねてみると、菜穂にあの店のことを教えたのは彼だという。

「蓮くん、ミケちゃんと仲いいの？」

「友だちですよ。飯友っていうか。なんでもおいしそうに食べるところがいいんです。向こうがどう思ってるのかは知りませんけど」

「なるほどねえ……」

「何ニヤニヤしてるんですか」

「いやいや、若いっていいなぁと思って」

適当にごまかしながら、これは今後の動向に注目だなと思う。

自分の結婚に興味はなくても、野次馬根性があるので、他人の恋路は気になるのだ。隼人としては、大樹とアルバイトの碧との関係にも興味があるのだが、はてさて、そちらはどうなっているのか。

（ま、下世話な野郎にはなりたくないし、余計な口は出さないけどな）

「鳴瀬さん、ご注文はどうします？」

「ラストオーダーも近いし、新しくつくらせるのも申しわけないな。何か残り物があればそれでいいよ」

「残っているもの……チリコンカンがひとりぶんありますけど」

「へえ、美味そうだね。じゃあそれで」

わかりましたと答えた大樹が、大皿に入っていた料理を個別用の器《うつわ》に盛りつけてあたためた。トマトや香辛料、そしてチーズの香りがただよい、食欲が刺激される。

「お待たせしました。実はこれをつくったの、俺じゃなくて叔父なんですよ」

「宇佐美さんが？」

「叔父の専門は洋食なんです。ぜひ召し上がってみてください」

チリコンカンは、アメリカ人の国民食のひとつとも言われている、ポピュラーな家庭料理だ。インゲン豆やひき肉、トマトなどを使って煮込んだもので、チリパウダーのぴりっとした辛さがアクセントになっている。

隼人は白い湯気を立てる器に目を落とした。

「マカロニが入ってる？」

「白米やパンとも相性がいいですよ。メキシコ風なのでトルティーヤとも」

近づいてきた零一が説明してくれる。

「具材に使っているのはキドニービーンズ――金時豆《きんときまめ》と牛ひき肉です。あとはタマネギと、クミンシードやコリアンダー等のスパイスを少々。牛肉とトマトが入っているので濃厚な味つけにしています」

話を聞きながら、隼人は上にチーズがとろけたチリコンカンにフォークを差しこんだ。マカロニに刺して持ち上げれば、溶けたチーズが糸を引く。隼人はトマトベースのソースが絡んだマカロニを、熱いうちに口へと運んだ。

(おお、美味い。このピリ辛加減は好みだな)

チーズで中和された煮込みはちょうどよい辛さで、舌がぴりりと痺《しび》れる。トマトの酸味と牛肉のコク、そしてじっくりと火を通したタマネギの甘みが、ほくほくとした金時豆やマカロニと絡み、深みのある味わいに仕上がっていた。

「いかがですか?」

「とてもおいしいです。洋食のメニューが増えるのは嬉しいですね。いまは仕事が忙しいんですけど、落ち着いたらまた食べたいです」

笑顔で答えると、零一も「ありがとうございます」と口元をほころばせる。

「あー……癒《いや》される」

烏龍茶《ウーロン》が入ったグラスを片手に、隼人はほっと息をついた。

忙しくもやりがいのある職に就き、たまの息抜きとして、行きつけの店で美味い料理に舌鼓《したつづみ》を打つ。これからも、こういったひとときを大事にしていきたい。

「ごちそうさまでした」

「またいつでもいらしてください」

食事を終えて会計してから、隼人はいい気分で外に出た。さすがに深夜ともなると暑さは鳴りをひそめ、心地のよい夜風が吹いている。

人通りの少ない歩道を、鼻歌をうたいながら歩いていたときだった。こちらに向かって正面から堂々と、貫禄ある雰囲気で近づいてくる大きな猫――

「お、武蔵か。相棒はどうした？」

「……」

「いいもの持ってるじゃないか。誰にもらったんだ？」

陽気に話しかけたが、生鮭《なまじやけ》の切り身をくわえた武蔵は、ちらりと視線を寄越しただけだった。さっさと隼人の横を通り抜け、やがて見えなくなる。

「あいかわらず無愛想《ぶあいそう》だなー」

大樹曰《いわ》く、武蔵はこの近くにある樋野《ひの》神社をねぐらにしているらしいから、あの切り身はそこでゆっくり食べるのだろう。

——毎日暑いから、猫だって栄養はしっかり摂らないとな。

明日への活力を蓄えた隼人は、ふたたび駅に向かって歩きはじめた。


「朋夏《ともか》、起きて。夏休みだからっていつまで寝てるの」

「んー？」

ゆさゆさと肩をゆすられて、樋野朋夏は重たいまぶたをこじ開けた。白くて可愛いベッドの枕元にはエプロン姿の母が立っていて、あきれ顔でこちらを見下ろしている。

「朝ご飯、はやく食べちゃいなさい。片づかないでしょ」

「うー……まだ眠い」

お気に入りのアニメキャラクターであるぶち猫がプリントされたタオルケットにくるまると、「往生際《おうじょうぎわ》が悪い！」とひっぺがされてしまった。頰《ほお》をふくらませた朋夏は、抗議の意味をこめてベッドの上でごろごろと転がる。

「いつまでやってるの。今日はお友だちとプールに行くって言ってなかった？」

「あ、そうだった！」

母の言葉で目が覚めた朋夏は、がばっと上半身を起こした。

今日は午前中、同じクラスで仲のいい女の子たちと、近所にある市民プールで泳ごうと約束をしていたのだ。「ちゃんと着替えて顔を洗うのよ」という母の言いつけに従って、ピンクのTシャツとショートパンツに着替える。

四月に小学三年生になったとき、朋夏は両親にねだって個室をつくってもらった。もうお姉さんだし、そろそろ親や小さな弟と離れて、自分だけの部屋がほしくなったのだ。父はさびしがっていたが、母は「そういうことなら」と、物置にしていた五畳の洋室を片づけ、朋夏の部屋にしてくれた。

これまたねだって（ほとんど父に）買ってもらったお人形やぬいぐるみ、本やおもちゃは、どれも自分が好きなもの。二年前まで住んでいたマンションは狭かったから、いまでもあそこにいたら、自分の部屋はもらえなかったと思う。朋夏の父は祖父のあとを継ぐために、母と自分を連れて、実家である樋野神社に戻ってきたのだ。

（それはよかったんだけどなー）

顔を洗い終えた朋夏は、ダイニングテーブルに並ぶ朝食の皿を見て肩を落とす。

並んでいるのは、お茶碗《ちゃわん》によそった白いご飯に、豆腐《とうふ》とわかめのお味噌汁。鮭の塩焼きと玉子焼き、そしてパリパリの味つけ海苔《のり》だ。祖父母が一緒に住んでいるので、この家に引っ越してきてから、朝にパンを食べたことがほとんどない。

友だちから話を聞くと、朝はご飯よりもパンを食べる家のほうが多いようだ。さくっとしたクロワッサンとか、熱々の具を挟んだホットサンドとか、蜂蜜をたっぷりかけたフレンチトーストとか、名前を聞くだけであこがれる。卵料理だって、オムレツやスクランブルエッグなど、いろいろあるのに。

「ねーママ、クロワッサンない？」

「あるわけないでしょ」

「じゃあオムレツつくってよ。チーズが入ったやつ！」

「ないものねだりはやめなさい。卵なら目の前にあるじゃない。ママ、頑張ってつくってるんだから、わがまま言わないの」

「はぁい」

席に着いた朋夏は、箸を手にしてご飯を食べはじめた。お米もお味噌汁も嫌いじゃないけれど、たまにはパンとスープでもいいのになと思う。

「今日も暑くなるっていうから、帽子は忘れないようにね。あと麦茶も。水筒に入れておくから、出かけるときに持っていくこと」

「わかった。そういえばパパは？　お仕事？」

「商店会の会長さんのお宅で打ち合わせよ。週末に盆踊りがあるからその準備」

樋野神社では年間を通して、さまざまなイベントが開かれる。本殿《ほんでん》の中では結婚式もやっているため、白無垢《しろむく》を着た花嫁さんを見かけることもよくあった。

先月は風鈴まつりがあったし、今月は縁日と商店街の盆踊りがある。宮司《ぐうじ》（神社でいちばんえらい人らしい）は祖父だが、神様にお祈りしたり、頼まれて出かけたりすることがあるため、イベントについては父が代わりに責任者となることが多かった。

もちろん母だって暇じゃない。弟を保育園にあずけてからは、祖母と一緒に本殿や境内《けいだい》の掃除をしたり、こまごまとした事務をやったり、お守りを授けたりと、やることは山積みだった。この時季は特に忙しいから、夏休みといっても家族で旅行をしたり、テーマパークなどに遊びに行ったりすることはできない。

長いお休みが終わって学校がはじまり、クラスメイトからどこへ行った、何をしたという話を聞くと、やっぱりうらやましくなる。担任の先生は立派なお仕事だと言ってくれたし、しかたがないことだとわかってはいたけれど。

「ごちそうさまー」

食事を終えた朋夏は、出かける支度をととのえた。歯を磨いて肩ほどまである髪をとかしていく。ふわふわとしたくせ毛はなかなか思い通りにならず、まっすぐできれいな髪の友だちと交換したくなる。なんとかうまくまとめてから、帽子をかぶった。

支度が終わると、水着やバスタオルが入ったビニールバッグを持って玄関に向かう。

「朋夏。ほら、これ水筒」

サンダルを履いていた朋夏は、母から受けとったストラップつきの水筒を斜めがけにする。引き戸を開けると、セミの鳴き声が響き渡り、むわっとした熱気が入ってきた。帽子のつばを引き下げてから外に出て、自転車にまたがる。

「車には気をつけるのよ」

「わかってるよ。行ってきまーす」

元気に答えた朋夏は、自転車のペダルに足をかけた。


それから数時間後。プールで思うぞんぶん泳いだ朋夏は、水を吸って重くなった荷物が入ったバッグを自転車のカゴに入れ、家に戻った。鳥居がある正面ではなく、裏に回ってから自転車を降り、それを押しながら中に入る。

境内は木立《こだち》が建物をとり囲むようになっているので、日陰《ひかげ》の部分は涼しかった。ほっと息をつきながら歩いていると、前方の茂みが揺れ、大きな猫があらわれた。背中は黒、お腹《なか》は白いその猫は、朋夏と顔見知りだ。

「あ、むっちゃん」

父が「武蔵」と呼んでいる猫は、この神社に住んでいるらしく、境内でほかの猫たちと一緒にくつろいでいる姿をよく見かける。二年前の夏は、迷子になって困っていた自分を助けてくれたこともある、ちょっと不思議な猫だ。

（なんだろ。何かくわえてる?）

足を止めた武蔵は、顔を上げて朋夏をじっと見つめる。なんとなく、何か言いたいことがあるのかなと思った。気になったので、朋夏はその場に自転車を停《と》め、武蔵のあとをついていくことにする。

武蔵はちらりとこちらをふり返ったが、走り去ることはしない。やっぱりついてきてほしいのだろうか。木立の中を歩いていると、やがて小さく開けた場所に出た。大きな木の根元には、普通の猫よりも小さなトラ猫が座っている。

「トラちゃん」

その猫には「虎次郎」という名前があるそうだが、朋夏は見たままで呼んでいた。いつも武蔵と一緒にいるその猫は、今日はぐったりしていて元気がないように見える。虎次郎のもとに近づくと、武蔵が口にくわえていたものをポトリと落とした。

「うひゃあ!」

まさか大きなバッタが出てくるとは思わなかったので、朋夏は思わず悲鳴をあげてしりもちをついてしまった。一方の虎次郎は、武蔵が仕留めたらしいバッタに鼻先を近づけてにおいを嗅《か》いでから、ぱくりとくわえて食べはじめる。

（ネコって虫も食べるんだぁ……）

友だちの家で飼っている猫は、キャットフードをおいしそうに食べていた。でも野良猫は、自分でエサを見つけなければならないのだ。武蔵や虎次郎は人間にエサをもらうことがあるけれど、それ以外のときはこうやって食べ物をとってきているのだろう。

「あれ？　トラちゃん、ケガしてる」

エサを食べ終えた虎次郎が体を動かしたとき、血がにじんだ後ろ脚《あし》に気がついた。もしかして、ケガをしているせいで、痛くて動けないのだろうか。武蔵はそんな虎次郎のために、食べ物をとってきてあげている？

しゃがみこんだ朋夏が手を伸ばすと、舌を出した虎次郎が指先を舐《な》めた。猫特有の、ざらりとしたあたたかい感触。小さく鳴いた声は、いつもより弱々しくて頼りなかった。いつの間にか横に来ていた武蔵も、何か言いたげに、朋夏の手に鼻先を寄せる。

「むっちゃんも心配だよね……」

もしかして——

朋夏は武蔵をじっと見つめた。自分をここまで連れてきたのは、虎次郎を助けてほしいからなのだろうか。きっとそうだ。武蔵はいつもそっけなくて、自分から人間に近づいたりはしないのに、今日はここまで案内してくれた。

ふと脳裏《のうり》に浮かんだのは、二年前のできごと。

近所の河川敷《かせんじき》でやっていた花火大会がどうしても見たくて、朋夏はこっそり家を抜け出した。神社を出たところで偶然、武蔵と虎次郎に会ったのだが、二匹は自分の後ろをついてきた。途中で道がわからなくなり、心細くなって泣いていたときは虎次郎がそばでなぐさめてくれたし、武蔵は自分を探していた人たちを連れてきてくれた。

――今度はわたしが助けなきゃ。

朋夏は虎次郎をびっくりさせないように、そっとその体を抱き上げた。虎次郎はおとなしかったし、武蔵も怒らない。やっぱり助けてほしいのだ。

「大丈夫だよ。パパとママに頼んで、お医者さんのところに連れてってもらおう」

決意した朋夏は、虎次郎を抱いたまま、ゆっくりと歩きはじめた。

自宅に虎次郎を連れ帰ったとき、打ち合わせから戻ってきた父と会った。

「トモ、どうしたんだ？　その子は虎次郎じゃ……」

「ちょうどよかった！　パパ、トラちゃんケガしてるの。ほらここ」

白い着物に水色の袴《はかま》を穿《は》いた父は、虎次郎の傷を確認すると、「これは痛そうだな」と顔をしかめた。お医者さんに診てもらいたいと頼むと、ここから近い動物病院を調べて連れて行ってくれる。

歩いて十分くらいのところにある動物病院の獣医さんは、とても優しい女の人で、虎次郎のケガを丁寧に診てくれた。「有刺《ゆうし》鉄線みたいな鋭いものに引っかけちゃったんでしょうね」と言った先生は、傷口を消毒して薬を塗ってくれる。

「これで何日か様子を見てあげてください。傷口を舐めないようにしましたから」

朋夏と父は、首にエリザベスカラーなるものをつけられた虎次郎を、自分たちの家に連れ帰った。ケガがよくなるまでは面倒を見ようと、父が古いタオルと段ボール箱で専用のベッドをつくってくれる。中に入れられた虎次郎は、最初は戸惑っていたものの、やがて体を丸め、気持ちよさそうに眠りはじめた。

「よかったね、トラちゃん」

それから数日間、虎次郎は朋夏たちの家でゆっくり過ごした。人を怖がらない虎次郎は祖父母や母にも気に入られ、家族みんなに可愛がられた。

「にゃんこ、かわいいねー」

二歳の弟もそう言って、虎次郎の体を撫でている。

(トラちゃん、ケガが治ってもうちにいられないかなぁ……)

虎次郎の可愛らしい仕草を見ていると、そんなことを考えてしまう。家族も虎次郎のことが好きだし、ちゃんと世話をするからとお願いしてみれば——

「トモ」

呼びかけられて顔を上げると、廊下に立っていた父が、窓の外を見つめている。

「見てごらん。外に武蔵がいるよ」

「えっ」

「毎日様子を見に来てるんだ。やっぱり気になるんだろうな」

立ち上がって窓の外をのぞいてみれば、たしかに武蔵がそこにいた。前脚をそろえて座り、こちらを見つめている。

(むっちゃん……)

もし虎次郎を家で飼うようなことになったら、武蔵はさびしいだろう。だったら二匹一緒にと考えたところでやめる。友だちが飼っている猫のように、武蔵が家の中でのんびりする姿が、どうしても想像できなかったのだ。

武蔵は野良猫のままのほうが幸せなのだろう。そしてきっと、虎次郎も。

「大丈夫だよ、むっちゃん。もうすぐトラちゃんと会えるからね」

二日後、傷がふさがりすっかり元気になった虎次郎を放す。虎次郎は迎えにきていた武蔵のもとに駆け寄り、再会をよろこぶかのように体をすり寄せた。武蔵はそれに応えるように尻尾を大きく揺らすと、二匹並んで茂みの中へ入っていく。

「行っちゃった……」

「神社のどこかにはいるんだから、またいつでも会えるよ」

しょんぼりする朋夏の肩を、父がなぐさめるようにぽんと叩く。

その日の夜ご飯は、朋夏の好きなから揚げだった。母は、揚げ物は面倒だと言って自分ではあまりつくらないのに、今夜はなぜか手づくりだ。鍋の中でじゅわじゅわと音を立てる鶏肉《とり》からは、油の匂いのほかにもうひとつ、嗅ぎ慣れた匂いがする。

「カレー？」

「衣の中にカレー粉が入ってるのよ。このまえ『ゆきうさぎ』で食べたから揚げ定食、カレー風味でおいしかったから」

「ママ、わたしに内緒でおいしいもの食べたの？　ずるーい」

「たまにはいいでしょ。朋夏は今度パパに連れて行ってもらいなさい」

台所にはスパイスの香りがただよい、お皿の上には母が鍋から出したから揚げがひとつずつ増えていく。家族がそろうと食卓につき、朋夏はできたてのから揚げを頬張った。

「あつっ！」

「火傷《やけど》しないように気をつけてね」

揚げたばかりのお肉は熱々だったが、朋夏はそのままから揚げを嚙む。さっくりとした衣《ころも》をかじると、中から肉汁があふれ出てきた。カレー粉が入っているからぴりっとしていて、白いご飯と一緒に食べると、もっとおいしくなる。

「このから揚げ、衣の食感が普通と違うような……」

「小麦粉じゃなくて米粉を使ったのよ。雪村さんから教えてもらって」

そんな両親の会話を聞きながら、朋夏はもぐもぐとご飯を平らげていった。食後に麦茶を飲んでいると、食べ物のストックが入っているラックの上に、商店街にあるパン屋さんの袋が置いてあることに気がついた。

「ママ、パン買ってきたの？」

「そうよ。明日の朝はクロワッサンとチーズが入ったオムレツ。あとはスープね」

「え……」

「食べたかったんでしょ？　おじいちゃんたちもそれでいいって言うから」

ぽかんとしていると、向かいでお茶を飲んでいた父が話しかけてくる。

「そうだ。来週、パパと一緒に花火大会に行かないか?」

「花火大会? でもそれ、このまえ終わったよ?」

「うちの近所のはね。来週は隣の市でやるんだよ。近所の花火大会は縁日と重なって、行けなかっただろう。だからどうかなと思って」

朋夏はぱあっと表情を輝かせた。まさか花火を見ることができるなんて。

元気よく「行きたい!」と答えた朋夏を、両親が優しい目で見つめている。虎次郎がいなくなってさびしかったけれど、嬉しい気持ちが湧き上がった。

「屋台があるよね? かき氷とかわたあめとか、あとチョコバナナも!」

「あるんじゃないかなー。なんでも好きなもの買ってあげるよ」

「ちょっと、あんまり甘やかさないでよ。虫歯になったらどうするの」

にこにこする父を、いつものように母が叱《しか》っている。普段と変わらない、でもどこかが優しい。そんな家族に囲まれて、おだやかな夜が過ぎていった。


八月二十二日、十六時三十分。

花火大会の当日、碧は神社の敷地内にある樋野家にお邪魔していた。

「朱音《あかね》さん、お忙しいところすみません。成人式に引き続き」

「いいのいいの。縁日も盆踊りも終わったから、いまはちょっと余裕があるのよ。これが来月になると、結婚式で忙しくなってねー。最近は和婚が人気なのかしら。私も頼まれたときは、花嫁さんの着付けとヘアメイクをやってるのよ」

「へえ……」

「碧ちゃんもいつか式を挙げることがあったら、神前式も候補に入れてみてね。ウエディングドレスもいいけど、白無垢も素敵よ」

「え、いやその、そういうことはまだ考えられないですから……」

そんな話をしながら、朱音は慣れた手つきで浴衣《ゆかた》の帯を締めていく。

神社の跡取り息子と結婚した彼女は、小学生の娘と保育園児の息子を持つ母親だ。元は美容師として働いていたので、着付けもできる。碧がお願いしてみると、「もちろんいいわよ」と言ってくれたため、自宅をたずねたのだった。

碧は自分の浴衣を持っていなかったのだが、いい機会だからと、少し前にバーゲンで安くなっていたものを購入した。普段着でもよかったのだが、大樹は成人式で着た振袖《ふりそで》を褒めてくれたし、ふたりで出かけるのなら、やっぱり可愛いものを着たい。

――とは思うのだが、赤やピンクといった女の子らしい色を選ぶのはどうしても気恥ずかしくて、碧は売り場でさんざん悩んだ末、白地に青と淡い水色を使った、朝顔の柄を選んだ。これならさわやかだし、夏らしくていいと思ったのだ。

「今日は彼氏と浴衣デート？　いいわねえ。私にもそんなころがあったっけ」

「い、いえその。そういうわけじゃ」

「恥ずかしがることないのに。これをプレゼントしてくれた人？」

朱音がお団子にしてくれた髪には、大樹からもらったシュシュがついている。布地が水色だから、浴衣を選んだとき、無意識に色を合わせたのかもしれない。

「ねえ、碧ちゃん。朝顔の花言葉って知ってる？」

首をかしげる碧に、朱音はとっておきの秘密を打ち明けるかのように教えてくれる。

「――愛情とか固い絆《きずな》とか、そういう意味があるんだけど」

「ええっ」

碧は驚いて目を見開く。そんな意味がこめられているなんて知らなかった。どうしようとうろたえていると、朱音は「大丈夫よ」と苦笑する。

「男の人って、花言葉とか疎《うと》いから。たぶん知らないと思うわよ」

「そ、そうですよね」

胸をなでおろした碧を、鏡に映った朱音がにこにこしながら見つめている。

（あっ！　しまった）

自分の反応は、相手が異性であることを認めたも同然だ。恥ずかしさに顔が熱くなったが、朱音はからかうようなことはせず、結んだ帯の形をととのえる。

「人が集まるところに行くなら、簡単に崩れないようにしておかないとね。碧ちゃんも花火大会に行くんでしょ？」

「え、なぜそれを」

言い当てられてどきりとする。行き先はひとことも言っていないのに。

「実はうちの旦那《だんな》と朋夏も行くのよ。あの子、金魚柄の浴衣がほしいって旦那におねだりして、ちゃっかり貢がせたの。まったく、娘にデレデレで困ったもんだわ」

「ふふ、可愛くてしかたがないんでしょうね」

「ま、それもあと四、五年くらいだろうけど。思春期になったら、きっとパパには近寄らなくなるわよ。女の子ってそういうものだしね」

朱音は「はい、完成！」と言って、仕上がりを鏡で見せてくれた。文庫結びというポピュラーな形だそうだが、少しアレンジを加えたとのことで、大きめのリボンを結んでいるような印象で可愛らしい。

「飾り紐《ひも》とか帯留めがあると、もっとお洒落になったんだけど」

「あ、忘れてた……。浴衣と帯と下駄《げた》の三点セットで、小物はついてなかったんです」

「来年以降も着るなら、買っておいたほうがいいかもね。今風のデザインもたくさんあるし、そういうお店で見てるだけでも楽しいわよ」

「いいですね。今度行ってみます」

——来年もこの浴衣を着て、雪村さんと花火大会に行けたらいいな。

碧は鏡に映る自分を、あらためて見つめた。我ながら、なかなか様《さま》になっているのではないかと思う。振袖は見た目が豪華で美しい反面、重くて動きにくかったが、浴衣はそれよりも楽だったのでほっとする。

「はい、これ荷物ね。楽しんでらっしゃい」

「ありがとうございます」

財布やスマホ、ハンカチを入れた巾着つきのかごバッグを受けとった碧は、うきうきとした気分で樋野家をあとにした。どこからか、ヒグラシの鳴き声が聞こえてくる。今日は朝から晴れていたので、花火もきれいに見えるだろう。

木漏《こも》れ日が差す小道を、カラコロと下駄を鳴らしながら歩いていると、やがて本殿が見えてきた。建物の前にある狛兎《こまうさぎ》の下には、二匹の猫が座っている。

(武蔵と虎次郎……。あそこがお気に入りなのかな)

　夕方になっても蒸し暑いため、武蔵は手足を投げ出してだらんとしていた。そのそばでは、虎次郎がのんびりと毛づくろいをしている。いつもと変わらない光景を微笑ましく思いながら、碧は彼らに手をふった。

　武蔵が少しだけ視線を向けて、すぐにまた目を閉じる。毛づくろいを中断した虎次郎は挨拶するように「にゃあ」と鳴いた。それを嬉しく思いつつ、碧は参道をさらに進み、鳥居をくぐって外に出た。

　大樹とは、花火大会の会場に近い駅で待ち合わせている。樋野神社から歩いて最寄り駅までたどり着くと、あちこちに浴衣姿の女性を見かけた。同じ場所に行くのだろうなと思いながら電車に乗って、三駅先で降りる。

　駅の構内は花火大会の見物客と思しき人たちでごった返していた。人混みを縫って待ち合わせ場所に向かう。改札口を出た碧は、きょろきょろとあたりを見回した。

(雪村さんは……あっ!)

　駅前広場の時計台の下に立つ大樹を見つけたとたん、碧は大きく目を見開く。

　示し合わせたわけでもないのに、大樹は自分と同じく浴衣を着ていた。藍色《あいいろ》の地に細い縦縞《たてじま》が入っていて、紺色の帯を締めている。

これで扇子《せんす》でも手にしていれば、和の風情たっぷりだったのだが、あいにく大樹が持っていたのは、駅前で配られている広告入りのプラスチックうちわだった。そのうちわでゆったりと顔をあおぐ姿は、なんだかとても彼らしい。

碧が近づいていくと、大樹がこちらを見た。うちわを動かす手を止めて、ぱちくりと瞬《まばた》きしてから、口の端を上げる。

「あの、お待たせしました」

「時間通りだよ。俺が少しはやく来ただけ」

「雪村さん、浴衣だからびっくりしちゃった。前から持ってたんですか?」

大樹の和服姿ははじめてだったので、見ることができて嬉しい。めずらしくてまじまじと見つめていると、大樹は照れくさそうな表情で答える。

「いや、これはこのまえ零一さんにもらったんだ」

「え、零一さんの浴衣なんですか?」

「若いころ、舞台に出ていたときの衣装をとっておいたみたいでさ。荷物の整理をしてたときに出てきたらしくて、よかったら着てみないかって」

「そうなんだ。もしかして着付けも?」

「ああ。できるっていうからやってもらった」

「すごく似合ってますよ。色合いも渋くてカッコいいです」

「タマのほうが似合ってるよ」

さらりと返され、顔がかっと熱くなった。大樹はときどき、不意打ちでこういうことを言うから困る。いや、別に困りはしないのだけれど、恥ずかしいというか……。

「いいな、朝顔。夏っぽくて」

「あ、ありがとうございます……」

――さすがの雪村さんも、朝顔の花言葉は知らないよね……?

ふたりで出かけるのははじめてではない。でもやっぱり緊張する。碧がそわそわしていると、大樹は「それじゃ行くか」と言って歩きはじめた。人の波に乗って河原に向かっていると、どこからともなくいい香りがただよってくる。

「やっぱり屋台が出てるな」

「わ、ほんとだ！　何を食べようかな」

「今日はあんまり食べ過ぎるなよ。帯締めてるから腹がきつくなるぞ」

河原に近づくにつれて、屋台の数は増えていった。とある屋台では、店主が熱々の鉄板で、焼きそば用の麺と豚肉、そしてイカゲソと野菜を炒めている。そこにとろりとしたソースをかければ、じゅわっという音とともに、濃厚な香りが広がった。

隣の屋台では焼き鳥が売られている。串に刺して炭火でこんがり焼いた鶏肉は、その香ばしい匂いを嗅ぐだけでもお腹が鳴りそうだ。もうもうとした白い煙が、さらに食欲を刺激してくる。

屋台の前では、缶ビールを手にしたカップルが、買ったばかりの焼き鳥にかじりついていた。甘辛のタレに絡んだ鶏肉と、冷たいビールとの相性は最高だろう。

「雪村さん、わたしいま猛烈に焼き鳥が食べたいです」

「気が合うな。俺もだ」

迷わず屋台に向かった大樹と碧は、店主にモモとつくね、鶏皮をそれぞれ数本ずつ注文する。自由にかけられる一味唐辛子の瓶が置いてあったので、適度にふりかけた。支払いを終えると、碧は焦げ目がついた焼き鳥の串に、遠慮なくかぶりつく。

「おいしい!　お肉がジューシーですねえ」

「やっぱりビールがほしいな。どこかで買うか」

醬油《しょうゆ》味の焼き鳥は、一味唐辛子をかけたことで味が引き締まり、ぴりりとした辛さが心地よかった。鶏肉には下味がしっかりついていて、表面はカリカリしていたが、中には肉汁が閉じこめられているのでやわらかい。

「じゃがバターも食べたいなー」

「アメリカンドッグも美味そうだぞ」

軒《のき》を連ねる魅力的な屋台に目移りしながら、碧と大樹はお腹に響かない程度に食欲を満たしていく。非日常で活気があって、おいしそうな匂いに満ちた、お祭り特有の雰囲気を楽しみながら、ゆったりとした歩調で通りを進んでいった。

「そうそう、朱音さんから聞いたんですけど、朋夏ちゃんもお父さんとふたりで花火大会に来てるみたいですよ」

「へえ。まあ、これだけ人がいるし、会うことはないんじゃないか？」

他愛のない話をしながら歩いていると、ひとつの屋台が碧の目に留まる。

「あ、わたあめ」

「あれも食べたいのか？」

「子どものころは大好きだったんですけど、最近はご無沙汰《ぶさた》だなって」

それを聞いた大樹は屋台に行って、わたあめをひとつ買ってきてくれた。思いがけないことだったが嬉しい。お礼を言った碧は、ふわふわのそれを一口かじる。使っているのはザラメだけのはずなのに、どうしてこんなにおいしいのだろう。

「ふふ、甘い。なんだか小さなころを思い出します」

「俺も親と一緒に祭りに来たとき、よく買ってもらったっけな」

なつかしそうに目を細めた大樹が、手を伸ばして碧のわたあめを小さくちぎった。ぱくりと口に入れると、「やっぱり甘いな」とつぶやく。その表情から、大樹もこの時間を心から楽しんでいるのだということが伝わってきた。

「美味いけど、指がベタベタだ……」

「そういうときにはこれ！　ちゃんと持ってきましたよ」

碧がウェットティッシュを一枚渡すと、大樹は「用意がよくて助かる」と言いながら受けとった。指先を拭いてから、ライトつきの腕時計に目を落とす。いつの間にか日が暮れかけていて、花火大会の開始時刻が近づいていた。

「そろそろ行くか」

「はい。でも、落ち着いて見られる場所がありますかね？　けっこう混んでますよ」

「穴場を探しておいたから大丈夫だよ」

そう言って笑った大樹が、碧の右手をとって歩き出す。

ふたりで並んで歩いたことは数えきれないほどあるけれど、こうした瞬間に、お互いの距離が縮まったことをあらためて実感する。

――どうかこれからも、ふたりで一緒に歩いていけますように。

綿菓子のような甘い幸せを感じながら、碧はつないだ右手を握り返した。

第3話　珊瑚の記念に栗ご飯

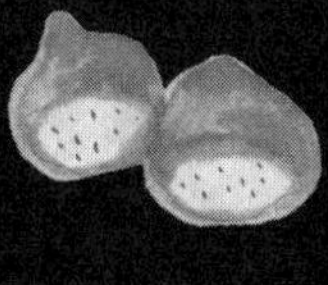

「――はい、お疲れさまでした。合否につきましては後日ご連絡しますね」

「よろしくお願いいたします」

立ち上がって一礼した碧《あおい》は、できるだけ平静を装《よそお》いながら部屋の外に出た。

そこには自分と同じく、就職活動用のスーツに身を包んだ男女が数人、緊張の面持《おもも》ちでパイプ椅子《いす》に腰かけている。面接官のひとりに名前を呼ばれた女性が返事をして立ち上がり、部屋の中へと入っていった。

(面接の人、思ってたより多い……)

女性の背中を見送った碧は、ひそかにため息をついた。黒いリクルートバッグを肩にかけ直し、その場をあとにする。玄関に向かう途中、廊下で制服姿の生徒たちとすれ違い、ああもう新学期がはじまったのだなと実感した。

大学生の夏休みはまだ残っているが、碧のようにまだ就職先が決まっていない四年生は就活に明け暮れている。一方で、すでに内定を決めた学生たちは、大学生活最後の夏休みを満喫《まんきつ》していることだろう。

仲良くしている友人ふたりも、それぞれ進みたい道を見定めた。

真野玲沙《まのれいさ》は、碧も受ける予定だった東京都の教員採用試験の一次にみごと合格した。現在は二次試験の結果待ちだが、彼女ならきっと突破できるだろう。

沢渡《さわたり》ことみは、母校である私立女子校の高等部で、専任の英語教師として雇用されることが決まったという。彼女は自分たち三人の中でもっとも成績がよく、短期留学の経験もあるから、きっとよい先生になるに違いない。

——わたしも頑張らなくちゃ。

「あの、すみません。こちらお返しします」

来賓《らいひん》用の玄関で、事務員の女性に借りていたバッジを返却する。名前を伝えると、来客名簿に返却のしるしをつけた年配の女性が、「お疲れさまです」と声をかけてきた。

「採用されるといいですね」

「ありがとうございます……！」

優しいはげましの言葉が、面接で気疲れした心をふんわりと癒《いや》してくれる。パンプスを履いて学校を出た碧は、ふうっと大きな息をついた。ずっと緊張していたから、肩のあたりが凝《こ》っている。右肩を揉《も》みほぐしながら、碧は駅に向かって歩き出した。

(今回はどうだったかなぁ。面接の反応は悪くなかったと思うんだけど……)

七月の半ばに退院し、数日間の自宅療養を経《へ》てから、碧は「ゆきうさぎ」のバイトに復帰した。零一《れいいち》が入ったことで料理人が増え、人員にも余裕が出たので、働くのは週に二回ほど。それでもいい気分転換になるので助かっている。

バイトをしたり、大樹《だいき》と花火大会に行ったり。夏休みを楽しむと同時に、碧は就職活動にも力を入れていた。大学の構内にある就職支援センターに通っては、データベースで情報を確認し、常駐している職員にも相談に乗ってもらっている。

私立校の教員は枠《わく》が少なく、毎年募集しているわけでもないので、一般企業の正社員にあたる専任教員になるのはむずかしい。とはいえ、非正規の常勤講師や非常勤講師になるよりも、やはり長く働ける専任をめざしたかった。

「まずは専任の仕事を探して、だめだったら常勤と非常勤も視野に入れます。専任になれなかったら、働きながら来年の教採を受けようかと考えていて」

「わかりました。狭き門だとは思うけど、内定が出るまで頑張りましょう」

その後、碧は職員から紹介された都内の学校の採用試験を何回か受けた。しかし募集人数が少ない上に応募者が多く、いずれも合格までには至らなかった。試験会場には碧が通う大学よりも偏差値の高い名門校の学生も来ており、たまたま雑談して大学名を知ったときは、これは無理かもしれないと落ちこんだ。

今回は、二十三区内の私立高校に空きが出たということで応募してみたのだが、募集はひとりなのに、かなりの数の学生が集まっていた。進学校なので学力試験のレベルも相応に高く、難問が多くて手こずってしまい、最後の問題までたどり着けなかった。

(面接がよくても、学力ではじかれるかも……)

何事も、すんなりうまくいくことなんてめったにない。実力が必要なのはもちろん、ときにはコネや運がものを言うことだってある。それが現実だ。わかったつもりでいたが、実際に不採用が続くと、やはり落ちこんでしまう。

──いやいや、まだ時間はあるし大丈夫。

肩を落としていた碧は、なんとか自分を奮《ふる》い立たせて顔を上げた。いま乗っている電車の中にも、就活中らしきスーツ姿の学生がいる。全員が全員、就職が決まったわけではない。そう自分に言い聞かせながら、碧は自宅の最寄り駅で電車を降りた。

「四時か……」

まっすぐ家に帰り、夕食の支度をするにはまだはやい。

今日はバイトがないから大樹とは会わないが、メッセージや電話でやりとりをしているのでさびしくはない。就職が決まれば大樹もよろこんでくれるだろうし、いい報告をしたいとは思っているのだけれど。

(ちょっと甘いものでも食べて休もうかな。それからスーパーで買い物して帰ろう)

改札を出た碧は、駅ビルの中に入った。地下一階にある和菓子屋「くろおや」の自動ドアを抜けると、顔なじみの主人が「いらっしゃい」と迎えてくれる。

「就職活動かい？　暑いのに大変だね」

「ここは涼しくていいですね。奥は空いてますか？」

「大丈夫だよ」

主人はバイト仲間である慎二《しんじ》の父親だ。紺色の作務衣《さむえ》に前掛けをつけ、和帽子をかぶったその人は、近くにいた従業員の女性に声をかける。「くろおや」では、売り場の奥に小さな甘味処《かんみどころ》があり、そこでお茶と和菓子を楽しむことができるのだ。

格子《こうし》の衝立《ついたて》で仕切られたその場所は、ダークブラウンを基調にした、和モダンな雰囲気で統一されている。中高生が集まる上のレストラン街とは違い、お客の年齢層が高めなので、落ち着いた時間を過ごすことができるお店だ。

従業員の女性に案内されて甘味処に入った碧は、「あっ」と声をあげた。視線の先に、見知った顔の青年が座っていたのだ。洋書のペーパーバックを開き、読書にいそしんでいるその人は――

「都築《つづき》さん」

声をかけると、顔を上げた都築は眼鏡の奥の目を丸くした。彼の前にあるテーブルの上には、きな粉と黒蜜がたっぷりかかった食べかけの抹茶《まっちゃ》わらび餅《もち》と、湯気立つ緑茶の湯呑《ゆの》みが置いてある。

「おひとりですか?」

「ええ。今日は仕事が休みなので」

言いながら、都築は開いていた本を閉じた。

都築航《わたる》という名の彼は、この近辺では有名な大学予備校で、数学担当の講師として働いている。亡き母の教え子だった人で、昨年の秋に、訃報《ふほう》を知った彼が自宅までお線香をあげにきてくれたことで知り合った。碧にとっては同じ中学の先輩でもあるが、学年が四つ離れているため、通っていた時期はずれている。

黒々とした髪に銀ぶちの眼鏡をかけた、見た目にたがわず知的な都築は、少し近寄りがたい雰囲気がある。だが、性格が冷たいというわけではない。何があっても冷静で頭の回転がはやく、感情をあまり表に出さない人。それが彼に対する碧の印象だった。

碧の服装を見た都築は、ふたたび口を開く。

「面接に行ってきたんですか?」

「はい。私立の高校なんですけど、ちょっとわたしにはレベルが高かったです」

学力試験の問題を思い出し、碧はがっくりと肩を落とす。学校の雰囲気はとてもよかったのだが、あそこはたぶん受からないだろう。小さなため息をつくと、都築が「碧さん」と呼びかけてきた。

「そこに座りませんか？　自分でよければ話を聞きます」

「え……。でも読書中なのにお邪魔なんじゃ」

「かまいませんよ。本は家に帰っても読めますけど、今日、碧さんと話すのはここでしかできないことですから」

（そういえば、都築さんは教員免許を持ってるんだっけ）

本人曰《いわ》く適正がないということで、学校教員にはならなかったが、都築は碧と同じく教育学部の出身だと聞いた。大学は違うが、卒業生の就職先はあまり変わらないのではないかと思う。

「……それじゃ、ちょっといいですか？」

自分の前を歩く先輩の意見を聞いてみたくなり、碧は向かいの席の椅子を引き、腰を下ろした。熱いほうじ茶を運んできた従業員の女性に、九月限定の栗ぜんざいを注文する。

「碧さんは学校教員を志望しているんですね。都の教採は受けたんですか？」

「それが……」

急な入院で試験を受けることができなかったと言うと、都築は軽く眉《まゆ》を寄せた。気の毒そうな声音《こわね》で「それは災難でしたね……」と、こちらを気遣ってくれる。もっと冷静な反応が返ってくるだろうと思っていたのに、意外だった。

「教採がだめだったから、私立の学校に就職したいと思ってるんです。いくつか受けてみたんですけど……やっぱりそう簡単にはいかないですね」

「就活とはそういうものです。すんなり希望の会社に入れる幸運な人は、そんなにいないと思いますよ。かく言う自分も何回か落とされましたし」

「えっ、都築さんも⁉」

碧よりもはるかに優秀な彼すら、そんなことがあったのか。驚いていると、都築は昔を思い出しているのか、苦い表情になる。

「自分はあまり愛想《あいそう》がないので……。面接で担当者にいい印象を残すことができなかったんです。だから学校教員にも向いていなかったわけですが」

都築が教職に就こうと思った理由は、碧と同じ。母知弥子《ちやこ》にあこがれて、同じ道に進みたかったから。都築は途中で志望先を変えたが、教えること自体は好きなので、予備校の講師を選んだのだ。

「いまの会社に雇われたときは嬉《うれ》しかったですよ。自分の将来性を買ってもらえたわけですから。大学生の能力なんて高が知れている。面接では人柄《ひとがら》はもちろんですが、その人が今後、社会人としてどれだけ成長できるかも見極めているんだと思います」

「どれだけ成長できるか……」

「面接の短い時間だけでは、長所がうまく伝わらない場合も多いでしょう。受からなかった学校とは、単に縁がなかっただけです」

「……………」

「碧さんの成長を期待してくれる学校は、きっとどこかにあるはずですよ」

都築の言葉が、ささくれ立っていた心にじんわりと染みこんでいく。

同じ道を志《こころざ》した人だからこそ、彼の話は胸に響いた。失敗が続くと自分を否定されたかのように絶望的な気分になるけれど、だからといって卑屈《ひくつ》になってはもったいない。自分を必要としてくれる場所は、きっとどこかにあるのだから。

「都築さん、ありがとうございます。なんだか心が軽くなりました」

「お役に立てたのなら何よりです」

碧が笑顔を見せると、都築もまた口の端を上げた。

学校教員は向いていないと彼は言ったが、実はそうでもないような気がする。こうやってじっくり話を聞いてくれたし、落ちこむ自分をはげましてもくれた。少し近寄りがたいかもしれないけれど、もし教員になっていたら、生徒たちから信頼される先生になったのではないかと思う。

(都築さんに相談できてよかったな)

そんなことを思いながら、碧は注文した栗ぜんざいを口に運んだ。高級な砂糖として名高い和三盆《わさんぼん》を加えて煮詰めたという、あたたかい大納言小豆《だいなごんあずき》の上品な甘さを堪能《たんのう》していると、何事か考えこんでいた都築が顔を上げた。

「つかぬことをおたずねしますが、碧さん、教育実習はもう終わりましたか?」

「はい、六月に」

「そうですか。実習の経験があるならいいかもしれないな……」

首をかしげる碧に、都築は「実は」と口を開く。

「父方の叔母《おば》が、市内で中学生向けの学習塾を経営しているんです。そこで働いている講師のひとりが足を骨折したそうで……。復帰できるまで一カ月半くらいかかるらしくて、その間の臨時講師を探しているんですよ」

言葉を切った都築は、きょとんとする碧をじっと見据《みす》える。

「誰かいい人がいたら紹介してくれと言われているんです。――碧さん、もしよければやってみませんか?」

「えっ!」

「もちろん、報酬《ほうしゅう》はお支払いします。塾講師のバイト経験があれば、今後の就活にも有利になるかもしれませんよ」

思いがけない誘いに、大粒の栗をスプーンですくい上げようとしていた碧は動きを止めた。塾講師……。大学の掲示板ではよく募集していたが、碧は入学してからすぐに「ゆきうさぎ」でバイトをはじめたので、これまで縁がなかったのだ。

(一度はやってみたいなーとは思ってたけど……)

興味を引かれた碧は、心持ち身を乗り出した。

「でも、わたしでいいんですか?」

「雇うかどうかを決めるのは叔母です。自分は紹介するだけですから。けど、碧さんならいい仕事をしてくれるんじゃないかと感じています。『ゆきうさぎ』での働きぶりを見る限り、あなたは人と接する仕事が合っていると思うので」

都築は「ゆきうさぎ」に通う常連のひとりだ。その彼に太鼓判《たいこばん》を押してもらえると、なんだか自信が湧いてくる。

「ちなみに、ここがくだんの塾です。個人経営なので小規模ですが」

バッグの中からタブレットパソコンをとり出した都築は、塾のサイトを表示して、碧に見せてくれた。ひとつ先の駅にある雑居ビルの中に入っていて、自宅から無理なく通えそうな距離にある。塾長は五十代くらいの女性で、知的な印象の人だった。

目を伏せて考えこんでいた碧は、心を決めて顔を上げた。

「講師のお仕事……わたし、やってみたいです」

「よかった。では、さっそく叔母に連絡しましょう」

スマホを操作した都築は、その場で相手に電話をかけた。しばらく会話をしていたかと思うと、片耳のイヤホンをはずしてこちらを見る。

「とりあえず、まずは見学にいらっしゃいとのことです。もしあなたが気に入ったら、雇用の話を進めましょうと。今週、都合のつく日はありますか?」

「日中ならいつでも大丈夫ですよ」

わかりましたと答えた都築が、会話を再開させる。やがて通話を終えると、彼は日時をメモした紙を碧のほうへと差し出した。

「あさってのこの時間に訪問してください」

「ありがとうございます!」

受けとった紙を丁寧に四つ折りにして、財布の中にしまったときだった。従業員の女性が新しいお客を案内して、こちらに近づいてくる。何気なく視線を向けると、そこにいたのはまたしても顔見知りだった。

相手も碧に気づいて、深いしわが刻まれた顔をほころばせる。

「おや、大《だい》ちゃんのところの……」

「会長さん、こんにちは」

奥さんとふたりで甘味処にやってきたのは、「ゆきうさぎ」がある商店街をとりまとめている、兎縁《とえにし》商店会の会長だった。たしか名前を、八尾谷進《やおたにすすむ》といっただろうか。玉木家《たまき》もお世話になっている八尾谷クリーニング店の主人で、商店街主催のイベント時にはその統率力を発揮する、頼もしいリーダーである。

還暦を少し過ぎたと思われる進は、ご近所では愛妻家として有名だ。よく夫婦で仲良くお出かけしていて、「ゆきうさぎ」にもふたりで来ることが多い。奥さんはおっとりした人で、いつも進の隣でふんわりと微笑《ほほえ》んでいる。

碧と都築の顔を交互に見た進は、にっこり笑いながら言った。

「タマちゃん、今日は彼氏とデートかい」

「えっ!?」

まさかそんな誤解をされるとは思わなかったので、碧は大いにうろたえた。

「ちがいますよ。都築さんにはちょっと相談に乗ってもらっただけで」

「そうなの？　楽しそうな雰囲気だったから、てっきり……」

「か、会長さんはどうしてここに？」

強引に話題を変えると、進は気を悪くした様子もなく答える。

「月替わりのデザートを食べに来たんだよ。『くろおや』さんの和菓子は、妻がことのほかお気に入りでね。先月は水まんじゅうがおいしかったな」

「今月は栗のお菓子が多いですよ。栗ぜんざいとか、和栗のパフェとか。わたしは栗きんとん入り和風モンブランも気になりましたね」

「おお、それは楽しみだ。何を頼むかなあ」

進が奥の席に歩いていくと、碧と都築に会釈《えしゃく》した奥さんもあとに続く。奥さんは右足が不自由らしく、杖《つえ》をついているので、進が椅子の背を引いてエスコートしている。向かい合って着席したふたりは、お品書きを開くと笑顔で話しはじめた。

「仲のよさそうなご夫婦ですね」

都築の言葉に、碧は「そうでしょう」とうなずく。

「商店会の会長さんなんですよ。ほんと、おしどり夫婦ですよね」

仲睦《なかむつ》まじい様子の八尾谷夫妻を見ていると、こちらまでほんわかと幸せな気持ちになってくる。「ぜんざい、冷めますよ」と言われた碧は、我に返ってスプーンを握った。大きな栗を頬張《ほおば》って、そのほくほくとした食感を楽しんでいると、都築が話しかけてくる。

「さっきは会長さんに、あらぬ誤解をさせてしまいましたね」

「そうですねー。都築さんも巻きこんじゃってすみません」

「いえ。別に誤解されたままでもいいと思いましたけど」

「!?」

栗を頬張ったまま、碧は驚いて目を丸くした。そんな自分を、都築はいつもと変わらない、淡々《たんたん》とした表情で見つめている。何を考えているかまったく読めず、本気なのか冗談なのか、さっぱりわからない。

(そ、そういえば都築さんって、前にも妙に思わせぶりなことを……)

自分もそこまで鈍《にぶ》くはないので、彼から好意のようなものを向けられていることは、なんとなく感じていた。大樹のように決定的な言葉があったわけではないから、本当はどう思っているのかはいまいちわからないのだけれど。

(どうしよう……。雪村《ゆきむら》さんとのこと、話しておいたほうがいいのかな。でもわたしのカン違いかもしれないし。だとしたら自意識過剰だよね)

戸惑う碧に気づいた都築は、やがて肩をすくめた。少しだけ笑う。

「────冗談ですよ」

「え」

「困らせてすみませんでした。お詫《わ》びにここは自分が奢ります」

あぜんとする碧の前で、都築はおもむろに立ち上がった。バッグと伝票を手にとる。

「あ、いえいえ。自分のぶんは自分で払いますから」

「気にしないでください。バイトを引き受けてくれたお礼でもあるので。誰を紹介しようか悩んでいたところだったから助かりました」

眼鏡のブリッジを指先で上げた都築は、「では」と言って踵《きびす》を返す。

――やっぱり読めない……。

姿勢のよいその後ろ姿を、碧は複雑な気持ちで見送った。


「あら、男の子が先に帰っちゃったわ」

ふいにあがった妻――美紗《みさ》の声に反応して、進は後ろをふり返った。視線の先では碧と同じテーブルにいた眼鏡の青年が、レジで会計をしている。一方の碧は彼を追いかけることはせず、その姿をじっと見つめていた。

「ケンカでもしたのかしら」

「そういうわけでもないと思うぞ。彼氏じゃないって言ってただろう」

会計を終えて去っていく青年を見送った碧は、ふたたび栗ぜんざいを食べはじめた。完食すると、足りなかったのか店員を呼び、追加分を注文している。

数分後、碧が頼んだ抹茶パフェが運ばれてきた。自分たちに注目されていることに気づいているのかいないのか、彼女は「くろおや」の主人が焼いた自慢の抹茶カステラに、アイスや白玉、黒蜜ゼリーがぎゅっとつまったパフェをもりもり平らげている。

「まあまあ、よく食べる子だこと」

美紗が感心したように言う。

その気持ちのよい食べっぷりが、昔の光景と重なった。

「美紗も若いころから甘いものが大好きで、よく食べていただろう。ほら、結婚一周年のときだったか？　銀座《ぎんざ》のフルーツパーラーで、プリンアラモードとフルーツポンチをひとりで食べ切っていたじゃないか」

進の脳裏《のうり》に、あの日の記憶がよみがえる。

籍を入れてから一年後、自分たちはめかしこんで銀座に出かけた。東京の片隅《かたすみ》で、小さなクリーニング店を営《いとな》む自分たちとはまるで縁のない町だったが、特別な記念日だからといっていそいそと支度をした。予約しておいた洋食屋の絶品料理と、フルーツパーラーで食べた宝石のように美しいデザートは、いまでも鮮明に思い出すことができる。

「そんなこともあったわねえ……」

ほうじ茶が入った湯呑みを手に、美紗がなつかしそうにつぶやいた。

若いころはツヤのある長い黒髪だったが、いまは肩よりも短く切り、白髪を隠す目的で濃茶色に染めている。抜け毛も増えたらしく、十年くらい前から、ボリュームを出すために定期的に美容院でパーマをかけているという。

ほっそりとしていた体は、ふたりの子どもの出産を経《へ》て、独身時代よりも十キロ近く太ったらしい。はりのあった肌も、六十一という年齢相応に老いている。

(まあ、自分を棚に上げて言うことじゃないか)

美紗が年をとったということは、同い年の自分もそれだけ老けたということだ。このごろは毎朝、すっかりさびしくなった頭髪に、あきらめずに発毛剤をふりかけている。美紗には無駄金を使うなと言われたが、これだけは譲れない。

「どうしたの、人の顔じろじろ見て」

「いやぁ……『光陰矢《こういんや》の如《ごと》し』って言葉を実感してな」

「なによ、失礼しちゃう。あなただってお腹《なか》の出た立派なおじさんじゃないの」

すかさず言い返されてしまい、進はその通りだと苦笑した。

こうやって軽口を叩き合えるのも、これまで培《つちか》ってきた信頼関係があるからこそ。進と美紗には三歳の孫がひとりいるのだが、「おじいちゃん」と言わずに「おじさん」にとどめてくれたところに愛がある――と思う。

「あ、おいしい」

注文した和風モンブランを頬張った美紗が、嬉しそうに顔をほころばせる。

「それも美味《うま》そうだな。一口くれないか」

「あなたの栗ぜんざいと交換ね」

進はスプーンを持った手を伸ばし、美紗のモンブランをすくいとる。同時に美紗も進のぜんざいから、あろうことか一粒しかない貴重な栗をとっていった。

「な、なにをする」

「うふふ。代わりにこっちの栗をあげる」

にっこり笑った美紗は、モンブランの上に載っていた和栗をくれた。

渋皮を残して煮ているため、色は鬼皮《おにかわ》がついているときと同じようなこげ茶色。渋皮をとった甘露煮《かんろに》ほど甘さが強くはなかったが、そのぶん栗の風味が豊かで上品な味わいだ。モンブランには栗きんとんと生クリームを混ぜたものを使っているようで、ほどよい甘さでなめらかな舌触りだった。

お互いに健康診断の数値に恐れおののく年代なので、家にはほとんどお菓子を置いていない。普段はできるだけ糖分摂取を抑え、週に一度、ふたりで外に出かけて甘いものに舌《した》鼓《つづみ》を打つ。年老いた自分たちのささやかな贅沢《ぜいたく》であり、癒しのひとときだ。

ふいに手を止めた美紗が、しみじみと言った。

「モンブラン、秋になるとよく香織《かおり》が買ってきてたわよね」

「そうだな。いろんな店の味を食べくらべるんだとか言って」

香織は進と美紗のふたり目の子で、二カ月前に結婚するまでは同じ家で一緒に暮らしていた。先に生まれた息子は、大学の卒業を機にあっさり家を出て行ったが、香織は短大を出て就職してから、三十一になるまで自分たちと同居していたのだ。

「だってひとり暮らしするより、うちにいるほうが楽なんだもん」

自分たちが甘やかしたせいも大いにあるだろうが、香織はいつまでも娘気分で、こちらもなかなか子離れができなかった。息子がほとんど家に寄りつかず、のちに結婚したお嫁さんも、自分たちとはあまり交流したがらなかったこともあるかもしれない。

「大丈夫！　お父さんたちの老後の面倒は私が見るから」

香織がそう言ってくれたことが嬉しくて、むしろずっと家にいてほしいとまで思っていた。美紗とは特に仲がよく、休みの日にはふたりで買い物に行ったり、芝居を観に行ったりしていたのだ。

何年か前、進が体調不良で入院したときは、うろたえる美紗を落ち着かせ、てきぱきと入院手続きをしてくれた。毎日のように見舞いに来ては、進をはげましてもくれた。

そんな頼もしい娘が交際相手を連れてきたのは、昨年のこと。

友人の紹介で出会ったという相手は、しっかりとした真面目な青年で、自分たちにも丁寧に接してくれた。しかし彼は転勤族だったので、香織は籍を入れてからすぐ、式を挙げることもなく関西へ引っ越してしまった。

「記念写真だけですませるのか……。最近の若い子はそういう人が多いのかね？」

「増えているとは聞きますね。するもしないも香織たちが決めることだもの。親がどうこう言うことじゃないと思うわよ」

「香織と一緒にバージンロードを歩くのが、ひそかな夢だったんだけどなあ」

「残念だったわね。でも、あの子が幸せならそれでじゅうぶんでしょう」

娘の門出はおめでたいが、長く一緒にいただけに、さびしさはひとしおだ。

――美紗も口では言わないが、きっと同じ気持ちだろう。

おいしそうにモンブランを食べる妻を見ていた進は、ふいに「そうだ」と思い出す。

(今月は結婚記念日があるな)

一年目は特別感があったので、奮発して外食に出かけた。二年目には温泉街に旅行してのんびり過ごしたが、三年目以降、年子の子どもたちが生まれてからは、育児でそれどころではなくなってしまった。

それから数年がたち、息子が小学校に上がった十年目。進は日ごろの感謝の意味をこめて、小粒のダイヤがついた指輪を美紗に贈った。本当はもっと大きな石を買いたかったのだが、当時の稼ぎではそれが限界だったのだ。

「大きさなんて気にしませんよ。その気持ちが嬉しいんだから」

指輪を渡したとき、美紗はとてもよろこんでくれた。

その後、妻は友人と食事に行くときや、子どもたちの入学式と卒業式、親戚の披露宴に出席するときなどに、その指輪をつけるようになった。しかし、彼女の体重は次第に増えていったので、いつしかサイズが合わなくなった指輪は、鏡台の引き出しで長い眠りにつくことになってしまったのだった。

十年目以降は、銀婚式の年にふたりで旅行したくらいで、大がかりなお祝いはしていない。何もしなかったわけではなく、美紗が自宅でごちそうをつくってくれたり、香織が会社帰りにケーキを買ってきてくれたりと、ささやかに過ごしていた。

香織が家を出て行ったので、今年からはふたりきりで祝うことになる。

娘を送り出したさびしさをなぐさめ、これからもよろしくという気持ちを伝えるためにも、思い出に残るような記念日にしたい。

（そういえば、美紗と結婚してからどれくらいたったんだ？）

三年目に生まれた息子が、今年で三十二歳になったから……。

答えを導き出した進は、その数字の大きさに驚く。――三十五年。自分がこれまで生きた年月の半分以上を、美紗と暮らしたことになるのか。そしてこれからも、どちらかが先に逝《い》くまでは、ともに過ごしていくのだろう。

遠い目をする進に、美紗が「あなた」と声をかける。

「さっきからなんなの。ぼーっとして」

「あ、いや……。なんでもないよ」

曖昧《あいまい》に答えた進は、美紗の不思議そうな視線から逃れるように下を向き、残っていた栗ぜんざいを食べはじめる。しかしその頭の中では、ふたりで過ごす最高の記念日のために何ができるのかを考えていたのだった。


翌日、店番を美紗にまかせた進は、ふたたび駅ビルに足を運んだ。

駅と直結した商業施設は、自分たち商店街の人間にとっては、もっとも身近なライバルだ。相手はこちらをつぶす気はないのかもしれないが、少しでも気を抜けば、たちまち食われてしまうだろう。

駅ビルができたとき、「くろおや」を筆頭に、商店街で営業していた数店舗がそちらに移転した。裏切り者だと声をあげる人も多かったが、商売なのだから、より儲《もう》けが期待できる立地に移るのは当然のこと。もちろん、商店街側の人間としては複雑だったが、それぞれ生活がかかっているのだからしかたがない。

十年以上が過ぎた現在は、移転した店の主人たちと商店街の人々との間に、さほどの軋《あつ》轢《れき》はない。進も定期的に「くろおや」に通っているし、主人とも親しくしていた。無意味にいがみ合う暇があるなら、ライバルの経営方法を研究し、よいところを見習っていったほうが、よほど商店街のためになる。

(できれば身内に頼みたかったんだが……)

エスカレーターを上がった進は、二階のフロアにある小さな宝飾店に入った。商店街にはこの手の店が一軒もないため、ここに依頼するしかなかったのだ。

「いらっしゃいませ」

平日の昼間だからか、店内にはお客が誰もいない。進の姿を見るなり、スーツ姿の上品そうな男性店員が近づいてきた。年齢は四十代の後半くらいだろうか。胸元を見れば、金色の名札に「店長」という肩書きが記されている。

「何かお探しですか?」

「いや。ここは宝飾品のリフォームをやっていると聞いたんだがね」

「承《うけたまわ》っております。ご依頼でしょうか」

ああとうなずくと、店長は「こちらへどうぞ」と言って、進を奥にある小部屋に案内した。ソファに腰を下ろした進は、持ってきたケースを開いて指輪を見せる。

「これなんだが……。二十五年前に妻に贈ったものでね。サイズが合わなくなってからはずっと眠らせたままだったんだ」

「なるほど。こちらを奥様がお使いになれるサイズに？」

「最初はそうしようと思ったんだよ。でも、思いきって別のアクセサリーに替えてもいいかもしれないな。宝石だけ使うとか……。そういうことも可能かね？」

「もちろんでございます。ネックレスやブローチ、イヤリング等、豊富なデザインをご用意しておりますよ。地金の種類にもよりますが、台座の下取りもいたします。こちらがカタログですのでご覧ください」

進は受けとった冊子を開いた。

中にはきらびやかなアクセサリーの写真が、いくつも掲載されている。この中で、美紗に似合うものはどれなのだろう。女性なら見ているだけでも楽しいのかもしれないが、あいにくこの手のことには疎《うと》いので、何がいいのかさっぱりわからない。

「うーむ……何が何やら」

「よろしければお手伝いいたしましょうか」

店長が助け舟を出してくれたので、ありがたく相談に乗ってもらうことにする。結婚記念日が近いのだと言うと、店長は「それはおめでとうございます」と微笑んだ。

「何周年のお祝いですか?」

「三十五年だよ」

「では、珊瑚《さんご》婚式ですね」

首をかしげる進に、店長は「銀婚式や金婚式と同じです」と答える。

「有名なのはそのふたつですが、結婚の節目にはそれぞれ名前がついております。一周年は紙婚式。ふたりの未来は、まだ真っ白な紙のようなもの。これからその白紙に、幸せな将来設計図を描いていくという意味がこめられているのです」

「ほう……」

「五年目は夫婦の関係が一本の立派な木に成長するということで、木婚式《もっこん》。十年目になると錫《すず》婚式、もしくはアルミ婚式と呼びますね。このあたりは、まだ安価でやわらかいものに例えられておりますが、年数を重ねていくにつれて、価値の高い宝石や金属の名が使われるようになっていくのです」

「なるほどねえ。それじゃ、ダイヤモンドは何周年になるのかね」

「六十周年でございます」

「それはそれは……」

さすがの貫禄に、進は大きく息を吐き出した。あと二十五年——自分は果たしてそのころまで生きていられるのだろうか？

「お客様は三十五周年ということですから、珊瑚婚式となります。長い年月をかけて築き上げてきたご夫婦の絆《きずな》を、時間をかけて成長する珊瑚になぞらえて、その名がつけられたそうですよ。三十五年だから『サンゴ』とも言えますね」

「語呂合わせかい」

「ですが覚えやすいでしょう」

店長はにっこり笑った。

「まあ、この風習そのものはイギリスが発祥《はっしょう》で、それから各国に広まっていったと言われておりますので、そのあたりは偶然か後付けだろうとは思いますが……。三十五周年は翡翠《ひすい》婚式とも呼びますし」

興味深い話を聞かせてもらった。この歳《とし》になっても、知らないことはたくさんある。

「ふむ、勉強になった。ありがとう」

「何か疑問がございましたら、またおたずねください」

店長はローテーブルの上に広げたカタログに視線を落とす。

「いまの話を踏まえて、贈り物を考えましょう。珊瑚婚式ではその名の通り、珊瑚を使った品物を贈るのがよろしいかと存じます。お客様がお持ちになったダイヤモンドと、当店で取り扱っている珊瑚を組み合わせたアクセサリーはいかがでしょうか？」

「どんな感じになるかな」

「そうですね。イメージとしてはこちらの写真が……」

それからしばらく話し合い、デザインを決めた進は、契約書に記入をして指輪をあずけた。完成まで二週間ほどかかるそうだが、結婚記念日を伝えると、その前日までには必ず仕上げると約束してくれる。

「じゃ、頼むよ」

「おまかせください。工房から届き次第、すぐにご連絡を差し上げますので」

一礼した店長に見送られ、店を出た進は、ちらりと背後をふり返った。

丁寧で親身な接客は、好感を覚えるものだった。知識も豊富で、常に笑顔も絶やさない姿勢は、自分も見習わなければならない。そんなことを考えながら、進はエスカレーターを下って駅ビルをあとにした。

時計を見れば、時刻は十三時を少し過ぎていた。とたんに空腹を覚える。

――今日は久しぶりに「ゆきうさぎ」で食べるか。

駅前のロータリーを抜けて、「兎《と》縁《えにし》町商店街」と記されたゲートをくぐる。ゲートにはその名にちなんで、二足歩行で楽しそうに踊るうさぎの飾りがついているが、よく見ればかなり年季が入っていた。

(新しくしたいのは山々だが、それにも金がかかるしなぁ……)

戦前から続いている歴史ある商店街にはアーケードがなく、二車線道路沿いに店が並んでいる。進が子どものころはにぎわっていたが、いまはシャッターが閉まっている店もいくつかあるため、活気にあふれているとは言えない。

店をたたんだ主人は会社員に転職するか、別の町に引っ越してしまった。駅前を開発してからは、町の人口は増えたものの、商店街に買い物に来てくれる人の数はあまり変わらない。かといって完全にさびれたわけでもなく、地域密着を売りにして、一定数の固定客はしっかりつかんでいた。

高齢で亡くなった先代より、商店会会長の名を引き継いでから、今年で五年。便利なスーパーやホームセンター、大型商業施設に押されてはいるが、なんとか商店街を盛り上げようと、進は同志たちと協力してさまざまな企画を考えては実現してきた。

――だが、年寄りだけでは未来がない。若い人たちにも頑張ってもらわなければ。

頭の中に、将来の商店街を担うであろう若者たちの顔が浮かぶ。

酒屋の息子夫婦の間には先月、ふたり目の子どもが生まれた。後継者がおらず危惧《きぐ》していた時計店には、若い弟子が入ったらしい。桜屋《さくらや》洋菓子店の跡取り娘は、専門学校で順調に腕を磨いているようだし、「ゆきうさぎ」の二代目にも大いに期待している。

「あっ、会長!」

ふいに声をかけられふり向くと、そこにはショッキングピンクの不気味なうさぎ――もとい、商店街の愛らしいマスコットが立っていた。

ホラー映画にぴったりの死んだ目つき……いやいやミステリアスな雰囲気をただよわせた着ぐるみが、小走りで近づいてくる。――なるほど、これは子どもには少々刺激が強いかもしれない。とはいえ新しい着ぐるみを仕立てる予算がないので、彼にはインパクト勝負で頑張ってもらおうと思っている。

ちなみにデザインを担当したのは先代の会長だ。あとで知ったことだが、あの人は妖怪漫画やホラー映画の鑑賞が趣味で、本当は漫画家になりたかったらしい……。

「慎二くん、お疲れさま。調子はどうだね」

「ぼちぼちですねー」

中に入っているのは、「くろおや」の次男であり「ゆきうさぎ」でアルバイトもしている青年だ。噂《うわさ》では、桜屋洋菓子店の未来の婿《むこ》候補とも言われている。どちらにせよ、彼もまた商店街に貢献してくれている貴重な人材だ。

大学生の慎二はまだ夏休み中なので、商店街の広告が入ったポケットティッシュ配りをお願いした。安いバイト料でもこころよく引き受けてくれたのでありがたい。あまり予算を使えないため、メディアを使った大々的な宣伝はできないのだ。だからこういった小さな努力を、コツコツと積み重ねていくしかない。

「まだ暑いから、熱中症には気をつけるんだよ」

「うっす」

こくりとうなずいた慎二は、着ぐるみのフカフカとした胸をぽんと叩く。

「これ、バイトが終わったら会長の店まで持っていけばいいですか?」

「そうだね。汗もたくさんかくだろうし、今回は気合いを入れてクリーニングしておこうか。そのときにバイト代も渡すよ」

「了解です」

慎二と別れた進は、その足で「ゆきうさぎ」に向かった。通い慣れた店の格子戸をがらりと開けると、いつものように大樹が迎えてくれる。

「会長、いらっしゃいませ」

「こんにちは。今日もいい匂いだね」

先月、「ゆきうさぎ」では久しぶりに大きな動きがあった。

あらたな従業員として、大樹の叔父《おじ》である零一が入ったのだ。今日は休みのようでその姿はなく、パートの女性が働いている。いずれは零一がひとりで料理人をつとめる曜日も出てくるだろう。

商店街で働く人が増えるのはいいことだ。進が零一とはじめて会ったのは、六月に商店会の会合を「ゆきうさぎ」で開いたときだった。体調を崩した大樹の代わりに宴会料理をつくってくれたのだが、長く料理人として働いていただけあって、どれもみごとな出来映えだった。だから彼の活躍にも期待している。

(うん。いい感じにお客が来ているな)

昼時のピークは過ぎていたが、それでも七割方の席は埋まっており、勤め人でにぎわっていた。進はひとりぶんだけ空いていたカウンター席に腰を下ろす。

「日替わり定食はまだあるかい?」

「ありますよ。今日は秋鮭《あきじゃけ》の炊《た》き込みご飯定食です」

「ああ、いいね。それをもらおうかな」

わかりましたと答えた大樹が、炊飯器の蓋《ふた》を開けた。保温をしていたようで、中からふわっと白い湯気があがる。

炊き込みご飯を茶碗《ちゃわん》によそった大樹は、自家製の厚揚げを切り分けると、フライパンでじっくり焼いた。器《うつわ》に盛りつけ、あらかじめ用意しておいた餡《あん》をかけてから、細かく切ったネギをぱらりと散らす。

弱火にかけた鍋の中から、味噌汁の香りがただよってくる。大樹は最後に朱塗りのお椀に味噌汁をよそい、それらを載せたお盆を進の前に置いた。

「お待たせしました」

「ありがとう。……おや、きのこのあんかけか」

「まだ残暑が厳しいですけど、せめて料理には秋らしさを出していこうと思って。秋ナスとか秋刀魚《さんま》とか、高級だけど松茸《まつたけ》や鱧《はも》なんかも美味いですよね」

「はやく涼しくなってほしいね。食欲の秋が待ち遠しいよ」

口元をほころばせた進は、まずは炊き込みご飯を口に運んだ。昆布の出汁《だし》がしっかりと利いたご飯に、ほぐした鮭の身がたっぷり混ぜこんである。この時季の鮭は脂《あぶら》が乗っているから焼いただけでも美味いが、ご飯と合わせて炊くのも最高だ。

(空腹に染み渡る……)

おかずの厚揚げにはこんがりと焼き色がつき、しめじや椎茸《しいたけ》、舞茸《まいたけ》を加えたとろみのある餡がかかっていた。甘酢のあんかけはさっぱりとした味つけで、歯ごたえのあるきのこによく絡んでいる。

（結婚記念日は、美紗を誘ってどこかに食事に行こうか）

妻とはときどき外食するが、行き先は「ゆきうさぎ」のような近所ばかりで、最近はほとんど遠出をしていない。一周年のときに銀座に出かけたように、少し気取ったレストランに予約を入れたらどうだろう。

しかし美紗は、数年前に事故で右足が不自由になってしまった。出歩くときは杖が欠かせないので、あまり遠くまで連れ回したら疲れてしまうだろう。できるだけ近くで、まだ行ったことのない店を探さなければ。

食事を終えてお茶を飲んでいたとき、隣の席に座っていた男性が話しかけてきた。

「この店の常連さんですか？」

「ええ、そうですよ」

「さっき若大将さんと話していらしたでしょう。私は先月、この近所に引っ越してきたばかりなんですよ。ここで食べるのは三回目なんですが、どの料理も実においしい。だから次は夜に来てみるのもいいかと思っておるのです」

　そう言って笑った男性は、自分よりもいくつか年上に見える。話を聞けば、大往生《だいおうじょう》した母親から一軒家を受け継いだので、定年退職を機に、夫婦で移り住んできたらしい。近所で暮らしているのなら、商店街も利用してくれるだろうか。

「昼間の定食もいいですけど、『ゆきうさぎ』の本領は夜に発揮されますよ」

「ほほう」

「もしお酒を嗜《たしな》まれるのでしたら、ぜひ行ってみてください。日本酒や焼酎《しょうちゅう》は、なかなかの銘柄《めいがら》がそろっていますから。昼間と雰囲気が違うので、落ち着いてゆっくり過ごせますよ。一品料理も美味いです」

「それは楽しみだ。夜にお会いしたときは、ぜひ一緒に飲みましょう」

「ええ、よろこんで」

　会計をした男性が帰っていくと、カウンターの内側にいた大樹が近づいてきた。

「隣にいたお客さん、大ちゃんの料理をかなり気に入っていたよ」

「嬉しいですね。先月くらいから何度か来店してくださったので、常連になってもらえるかなって期待してたんです」

「繁盛しているようで何よりだよ。宇佐美《うさみ》さんが入って料理人も増えたし、利益が上がる見込みがあれば、大ちゃんもひと安心だろう」

「そうですね。春にはタマが卒業しますから、今年中に新しい人を雇うつもりではあったんです。零一さんなら経験豊富だし、なんの心配もないので助かりました」

「ああそうか。タマちゃん、卒業まであと半年なんだね」

つい最近「ゆきうさぎ」で働きはじめたと思っていたのに、いつしか三年以上が過ぎていたとは。歳をとればとるほど、一年が短く感じるようになるとは聞いていたが、本当にあっという間だ。

「あの子、最近は店で見ないね。バイトはもう辞めたの？」

「いえ。就職活動をしているので、日数を減らしているんです」

「就職……ああ、だからあのときスーツを着ていたのか」

「あのとき？」

大樹が小首をかしげた。進は「実はね」と続ける。

「昨日、タマちゃんと『くろおや』でばったり会ったんだよ。甘味処のほうにいたんだけど、黒いスーツを着て、隣の椅子に大きな鞄も置いてあってね。あれは説明会か面接にでも出かけた帰りだったのかな」

「そうかもしれませんね。タマ、何を食べてました？」

「栗ぜんざいと抹茶のパフェだよ。あいかわらず食欲旺盛《おうせい》な子だ」

「それくらいの量なら、タマはぺろっと完食したでしょう」

「していたね。パフェを頼んだのは男の人が帰ったあとだったけど」

その瞬間、楽しそうに話をしていた大樹の眉が、ほんのわずかに動いた。

「男……？」

「うん。大ちゃんよりちょっと若かったかな。眼鏡をかけた、頭のよさそうな人でね。妻と一緒に甘味処に入ったとき、ふたりで席に座ってたんだよ」

「……」

「彼氏かなって思ったけど、違うみたいだね。タマちゃんが何かの相談に乗ってもらったとか言ってたな。就活中ってことは、いろいろ悩んでいることもあるんだろうね」

「そう、ですね……」

「内定が出ないうちは不安だろうからねえ。――おっと、もうこんな時間か」

美紗には「用事をすませたいから、ちょっと出かけてくるよ」と伝えてあるが、昼食を摂ってから帰るとも言っている。慎二から着ぐるみを受けとったら、丸洗いをして染み抜きと消臭も念入りにやっておきたいし、そろそろ帰ったほうがいいだろう。

席を立った進は、会計をしながら考える。

（今月は稼がないとな……）

指輪のリフォーム代は、もちろん自分名義の貯金の中から出す。記念日にレストランで外食するなら、その資金も用意しておかなければならない。そのためにはこれまで以上に働かなければと、進は気合いを入れ直した。


店に戻ってしばらくすると、慎二が着ぐるみを装着したままやってきた。着替えをさせてバイト代を渡し、着ぐるみを受けとった進は、奥の作業場に入る。

（やっぱりこの時季は汚れるなぁ）

一通り確認した進は、まずはボディの部分をネットに入れて、機械で洗浄する。

八尾谷クリーニング店は、父の代から五十年間、この地でほそぼそと営業を続けているこぢんまりした店だ。現在の主流であるチェーン経営のフランチャイズ店のように、あずかった洗濯物を工場に委託することはなく、自前の洗濯機や仕上げ用のアイロンプレス機を使って作業を行っている。

子どもたちは店を継ぐ気はないようなので、自分と美紗が引退したそのときが幕引きとなる。繁盛しているとは言えないが、自分たちが食べていけるのは、いくつかの法人と提携しているおかげで、一定の収入があるからだ。

とはいえ、飲食店ならまだしも、クリーニングの個人店がこの先も生き残っていくのは厳しい。さびしいとは思うが、それもまた時代の流れなのだろう。

――最低でも、年金を支給される歳になるまでは頑張らないと。

着ぐるみの頭部と靴は機械に入らないため、手洗いをしていく。大きなたらいの中に頭部を置いた進は、専用のブラシに洗剤をつけて、丁寧に汚れを除去していった。内部の消臭処理も行ってから、湿気をとるために自然乾燥させる。

生乾きはカビの素《もと》なので、時間をかけてしっかり乾かし、最後に毛並みをブラッシングすれば完成だ。着ぐるみのクリーニングは専門の業者もあるが、頼むと費用がかかるのでいつも自分でやっている。

「ふう……こんなものか」

頭部と靴を洗い終えれば、あとは干すだけだ。

額ににじんだ汗をタオルでぬぐっていると、出入り口から美紗が顔をのぞかせた。

「お疲れさまです。お茶淹《い》れたけど飲む？」

「ああ。ちょうど喉《のど》が渇いたところだったんだ」

作業場の隅にある椅子に座ると、お盆を手にした美紗が近づいてきた。小さなテーブルの上に茶托《ちゃたく》と湯呑みを置き、急須から緑茶をそそぐ。

「あと、これはさっき慎二くんからいただいたお菓子」

皿に載っていたそれは、「くろおや」で販売されている栗蒸し羊羹《ようかん》だった。

「おお！　季節の限定品じゃないか」

「家族割引で買ったんですって」

「あいかわらずいい子だなあ。バイト代、もっとはずめばよかった」

慎二はたまに、こうやって実家の和菓子を差し入れしてくれる。ありがたく堪能した羊羹は、ふたつに割った栗の甘露煮がごろごろ入った、贅沢な一品だ。蒸し上げた羊羹は煉《ね》り羊羹とは違ってもっちりとした食感で、栗入りはこの季節しか売っていない。

「甘さ控えめでおいしいわねえ」

向かいの椅子に腰かけた美紗も、羊羹に舌鼓を打つ。

(栗か……)

そういえば、夫婦になって同居をはじめた初日。彼女がつくってくれた夕食には、栗ご飯があった。

結婚するまで実家で暮らしていた美紗は、あまり料理が得意ではなかった。「本を見ながらつくったけど、口に合うかはわからない」と不安そうにしていたが、夕食はおいしかったし、苦手な料理を一生懸命頑張ってくれた、その気持ちが愛《いと》おしかった。

あれから三十五年が経過したいま、美紗は「献立を考えるのが面倒」とぼやきながらも台所に立っている。少し前までは娘が家事を分担していたが、これからは自分が協力していかなければならない。

（ん？）

窓から差しこむ光に照らされた美紗の髪が、何かに反射してきらりと光った。よく注意して見てみれば、染めていた髪が少し色落ちしていて、新しい白髪も目立っている。パーマもとれかけているようだ。

「そろそろ美容院に行ったほうがいいんじゃないか？」

「あ、やっぱりわかる？」

美紗は苦笑しながら髪に手をやった。

「でも、しばらくはいいわ。……ちょっと頭がかゆくてね。ひっかいたせいで掻《か》き壊しちゃったの。パーマ液が沁《し》みそうだから、治るまではおあずけ」

「だったら美容院じゃなくて病院か」

「なあにそれ。うまいこと言ったつもり？」

あきれたように肩をすくめた美紗は、「市販の薬を塗ったから、それで様子を見るわ」と続ける。まだ汗ばむ季節だから、かぶれてしまったのかもしれない。

（美容院に行けないなら、記念日は家で過ごしたほうがいいか……？）

近所ならまだしも、気取ったレストランに行こうと誘えば、美紗としてはうんとお洒落をしたいだろう。白髪染めもパーマも、しっかりやってから行きたいと思うのではなかろうか。遠出をするのは頭皮が治ってからでも遅くはない。

外食ができなくても、記念日の食事は特別なものにしたかった。美紗につくらせるわけにはいかないし、どこかで惣菜《そうざい》でも買ってくるか、それとも出前にするか。

――いや、待てよ。

ふいにひらめいたことがあり、進は羊羹を食べる手を止めた。

もうひとつあるではないか。日ごろの感謝と愛情を、妻に伝えられる方法が。これならきっと、美紗もよろこんでくれるだろう。

妻の笑顔を想像しながら、進は翌日からさっそく準備をはじめた。

それから二週間後の、結婚記念日の当日。

リフォームを頼んだ宝飾店に向かうと、以前と同じく店長が出迎えてくれた。ふたたび奥の個室に通され、完成したアクセサリーを確認する。

「こちらでございます」

進が注文したのは、赤い珊瑚を薔薇《ばら》の形に彫ったペンダントトップだった。持ちこんだ指輪からとり出したダイヤモンドも、美しくあしらわれている。

「きれいだねえ。いい仕事だ」

「ご満足いただけましたでしょうか」

「ああ。これはうちの妻に似合うと思うよ。恥ずかしながら、妻にこういう贈り物をするのは久しぶりでね。なんだか若いころに戻ったみたいだ」

ペンダントトップをおさめた箱は、店長が慣れた手つきで包装してくれた。化粧箱とリボンを使って、華やかなプレゼントが仕上がる。

「奥様、きっとよろこんでくださいますよ」

「世話になったね。ありがとう」

「四十周年の際にも、ぜひ当店をご利用ください。次はルビー婚式でございます」

「ははは。商売上手《じょうず》だねえ」

包装された箱を受けとった進は、満たされた気分で店を出た。ルビーは高価な宝石だけれど、あの店長が接客してくれるなら、考えてもいいかもしれないと思ってしまう。彼を見習って、自分もお客にそう思ってもらえるような接客を心がけたい。

（ええと……あと必要なものは）

進は駅ビルと商店街を回り、買い物をすませた。家に戻ると、店舗の受付には幼稚園児くらいの女の子を連れた女性客が立っており、美紗と話をしている。

「この子が生まれたときに買ったものなんです。きれいになりますか？」

「大丈夫ですよ。――お嬢ちゃん、うちのお風呂に入れれば、クマちゃんもさっぱりするからね。少しだけあずかってもいいかしら」

どうやらお客は、女の子が抱いているクマのぬいぐるみをクリーニングしてほしいようだ。美紗が優しく諭《さと》すと、女の子はおずおずとクマを差し出した。生まれたときから一緒にいるなら、きょうだいのように大事な存在なのだろう。あの子によろこんでもらえるように、汚れを落とし、ふわふわにして返さなければ。

そう思いながら、進は食材が入った袋を手に、台所に足を踏み入れた。

「今夜の夕食は僕がつくるよ」

美紗に申し出たとき、彼女はめずらしいこともあるものだと驚いていた。

「結婚記念日だからね」

「あら、憶《おぼ》えていてくれたの？　そういうことならお願いしようかしら。でも、無理して凝ったお料理にしなくてもいいですよ」

美紗はそう言って、料理ができない自分を気遣ってくれた。

（たしかに無理はできないけど、これくらいなら……）

調理台の上に置いたのは、商店街で売っていた甘栗の袋。生の栗は鬼皮を剝《む》く時間と手間がかかるようなので、こちらを使うことにする。

米を洗ってザル上げしている間に、進は鶏《とり》のモモ肉を小さく切り、塩をふって軽く下味をつけた。鶏肉はフライパンで香ばしく焼き、ニンジンを細かく刻む。

甘栗の皮を剝いて下ごしらえが終わると、炊飯器に米を入れ、水や醬油、料理酒などを混ぜてつくった合わせ地を投入した。具材も加えて蓋を閉め、炊飯スイッチを押す。

「――栗ご飯ですか？」

先日、「ゆきうさぎ」をたずねた進は、大樹に料理下手《べた》でもつくれそうな栗ご飯はないかと訊《き》いてみた。そこで甘栗を使う方法を教えてもらったのだ。

「俺は土鍋で炊きますけど、炊飯器でもおいしくできますよ」

「土鍋はうまく扱えそうにないなあ。手抜きだろうけど簡単なほうにするよ」

「会長、俺はそうは思いません。食べる人のことを考えて用意された食事には、どれも等しく心がこもっているんです。手間がかかっていないから手抜きだなんて、そんなことは絶対ない」

（さて。次はおかずか）

秋鮭の切り身は魚焼きグリルにまかせ、黙々《もくもく》と大根をすりおろす。さやいんげんは塩茹《ゆ》でしてゴマ和《あ》えに。最後にぶなしめじと豆腐《とうふ》の味噌汁をつくり、味見をして――

「む？」

なぜこんなに薄ぼけた味なのだと考え、出汁を入れていなかったことに気づく。あわてて顆粒《かりゆう》出汁を加え、なんとか味をととのえた。

やがてご飯が炊き上がると、ダイニングテーブルの上に食器を並べていく。

大根おろしを添えた秋鮭はいい具合に焦げ目がついているし、味噌汁も見た目はなかなか。茶碗によそったご飯の栗は、甘栗なので黄色ではなかったものの、ふんわりと甘い香りがして、これはこれでおいしそうだ。

（……今日は特別だからな）

進は納戸の奥にしまってあった一輪挿《ざ》しを持ってきて、流しで洗った。「ゆきうさぎ」の隣にある生花店で買ってきた薔薇の花を一輪、そこに飾る。

妻のために花を買ったのは、もしかしたら新婚以来かもしれない。そう思うと照れくさかったが、たまにはこんな日があってもいいだろう。和食と薔薇の花なんて合わないと美紗は思うかもしれないが、贈り物と重ねたかったのだ。

支度が終わると、店舗のカウンターで事務作業をしていた美紗を呼ぶ。

「おーい、夕飯ができたぞ」

「あら、もうそんな時間？　言われてみればいい匂いが……」

顔を上げた美紗が、嬉しそうに表情をゆるめる。

作業を終えて店を閉め、台所とつながったダイニングにやってきた彼女は、食卓に並ぶ夕食を見て、「まあ！」と目を輝かせた。

「栗ご飯だわ。そろそろ食べたいなって思っていたところだったのよ」

「甘栗ご飯だけどな。大ちゃんから簡単につくれそうなものを教えてもらって。いまの自分にはこれが限界でね」

「じゅうぶんじゃないですか。冷めないうちにいただきましょう」

向かい合って食卓についた進と美紗は、箸《はし》を手にとり食事をはじめた。栗ご飯を一口食べた美紗は、にっこり笑って「おいしい」と言ってくれる。

「甘さは大丈夫か？」

「わたしはこれくらいが好きですよ。焼き鮭が塩辛いからちょうどいいわ」

ほっとした進は、甘栗ご飯を口に運んだ。鶏肉の旨味がふっくら炊き上がったご飯に溶けこんでいて、甘栗ともよく合っている。大根おろしをつけた焼き鮭も、あとから出汁を入れた味噌汁も、我ながらおいしくできていた。

「ごちそうさまでした」

食事を終えたふたりは、熱いお茶でひと息つく。タイミングを見計らって、進はエコバッグの中に隠していた例の贈り物をとり出した。

「美紗。これはその……記念品というか。受けとってくれないか」

驚いたように両目を見開いた妻が、差し出した箱に手を伸ばす。開けてもいいかと言われてうなずくと、美紗は結んであったリボンを丁寧にほどいていった。箱の中におさまっていたケースを開けると、「あらまあ」と感嘆の声をあげる。

「薔薇の形をしているのね。素敵だわ。これはなんの石?」

「珊瑚だよ。三十五周年は珊瑚婚式だからね。ダイヤもついているだろう? それは十周年のときに買った指輪の石をとり出して、リフォームしてもらったものなんだ」

「あの指輪を? 鎖《くさり》をつければネックレスになるのかしら。これならサイズを気にしないでつけられるわね」

そう言って、美紗はありがとうと笑う。

よろこんでもらえてよかった。満足していると、ふいに美紗が席を立った。ダイニングを出て行った彼女は、すぐに小さな紙袋を手にして戻ってくる。

「進さん。これはわたしからのプレゼントよ」

目を丸くする進に、美紗は紙袋を手渡した。驚きつつ確認してみると、包装された細長いケースの中には、洒落たフレームのシニアグラスが入っていた。どこかで見たようなと首をかしげ、ややあって思い出す。

「夏ごろ一緒にお店に行ったとき、あなたが気に入っていたものよ。でもちょっとお値段が高くて、結局あきらめたでしょう？　プレゼントを考えているときに思い出したの」

「憶えていてくれたのか。でもこれ、一万以上はしたはずじゃ」

「気にしないで。美容院に行く回数を、少し減らせばいいだけです」

その言葉を聞いた進は、はっとして美紗を見た。頭皮がかゆいから美容院に行けないという話。あれはもしや――

「来月はたくさん稼ぎましょうね」

「……ああ、そうだね」

シニアグラスをかけた進は、レンズの向こうにいる美紗と目を合わせて微笑んだ。

来月は頑張って働いて、妻を美容院に行かせてあげよう。そしてきれいになった彼女とふたりで、おいしいものを食べに出かけるのだ。

つつましやかでも幸せな、三十五周年の夜だった。

第4話　母と娘のちらし寿司

九月も後半となり、碧《あおい》の大学も後期の授業がはじまった。

といっても、碧は四年に上がるまでにほとんどの単位をとり終えている。最終学年で乗り越えなければならないふたつの関門のうち、教育実習は無事にクリアした。残るは卒業論文ただひとつだ。

優秀な論文は年明けに発表会があり、賞も与えられるという。大学院への進学を希望している学生は、卒論も審査の対象となるそうだ。そのため一年がかりで準備を進め、綿密な計画を立てながら執筆しているらしい。

碧が所属するゼミの教授は愉快でフレンドリーな人だが、妥協は絶対に許さない。気の抜けた論文を提出しようものなら、容赦なく突き返されてしまうと有名なので、全力でとり組まなければならなかった。

「卒論のテーマ？　わたしは小学生の英語授業の必要性について書いてるよ」

昼休み、大学構内のカフェテリアでカツサンドを頬張《ほおば》りながら、友人のことみが教えてくれた。ちなみに彼女が食べているのは、分厚いロースカツを食パンで挟んだボリュームのあるサンドイッチだ。たっぷりの千切りキャベツと、濃厚なソースが染みこんだカツはとてもおいしい。何度も食べているから知っている。

一方、向かいに座っている碧の前にあるのは、数量限定のバターチキンカレーだ。

ありがたいことに、この大学で提供されているカレーはどれもレベルが高い。

限定メニューのバターチキンカレーは、辛さは控えめで味はまろやか。バターと生クリームの風味が豊かで、一口食べるたびにうっとりしてしまう。「ゆきうさぎ」で鍛《きた》えた自慢の味覚で、ガラムマサラとヨーグルト、ホールトマトなどが入っていることは突き止めたが、最後のひと味がわからないので残念だ。

カレーは量が多くてサラダ付きの上、値段も安い。構内のカフェテリアと学生食堂は、碧にとってまさに天国のような場所である。

（卒業までにあと何回通えるかなぁ……）

そんなことを思いながら絶品カレーを堪能《たんのう》していると、ことみが問い返してきた。

「玉ちゃんのテーマは？」

「学校給食における食育について」

即答すると、ことみはぱちくりと瞬《まばた》きした。納得したような顔で言う。

「なんかすっごく玉ちゃんらしい」

「自分でもそう思う」

「まあ、いいんじゃない？　教授受けを狙うより、興味のある分野をとことん掘り下げたほうが熱の入った論文になるだろうし。バイトの経験も活《い》かせるものね」

「いやそれが、うちの先生食べることが好きみたいでね。テーマを伝えたら『大いに期待してるよ！』って、満面の笑みで言われちゃった」

「それもちょっとプレッシャーだね」

苦笑したことみは、コーヒーカップに手を伸ばした。優雅《ゆうが》な仕草で口をつける。

長くまっすぐな黒髪が印象的な彼女は、父親が医者で母親の実家が地主という、生粋《きっすい》のお嬢様だ。いまは世田谷《せたがや》にある立派な邸宅で両親と住んでいるが、卒業したらひとり暮らしをはじめるのだという。そのために二年前からバイトをしていて、コツコツと資金を貯めてきたのだから、なかなかしっかりしている。

ことみはすでに就職が決まっているので、碧と違って卒論に専念できる。今日は参考文献を探しに図書館に来ており、就職支援センターにいた碧と、久しぶりにふたりで昼食を摂《と》ることにしたのだ。

「真野《まの》ちゃんもいればよかったのにね」

「玲沙《れいさ》は朝からバイトだって」

さきほど碧が送ったメッセージには、そんな返信があった。もうひとりの友人である玲沙は、静岡から上京してアパート暮らしをしている。彼女が受けた教員採用試験の結果が出るのは来月だが、合否にかかわらず、卒業後も東京に残るらしい。

碧はペットボトルに入ったミネラルウォーターを一口飲んで、話を続ける。

「卒論といえば。六月に教育実習に行ったでしょ？」

「うん。玉《たま》ちゃんも母校の中学だったよね」

「学区内の公立校だよ」

碧もことみも教育学部に在籍している。教育実習は必修科目だ。

数年ぶりに足を踏み入れた母校は、とてもなつかしかった。碧がお世話になった先生方は別の学校に転任したり退職したりしていたが、制服や校舎は昔のままで、校内の雰囲気もさほど変わってはいなかった。

「玉木《たまき》さんは、お母様がこの学校で勤務されていたそうですね」

実習に行ったとき、校長先生が言っていた。直接の面識はないようだが、情報として入ってきていたのだろう。

それは碧が入学するより前の話だったが、母が働いていた学校に、今度は自分が教育実習生として立っている。そう思うと不思議な気分だった。

「とても真面目《まじめ》で生徒思いの、よい先生だったと聞いています。お若くして亡くなられたことは残念でしたが……。娘さんが同じ志《こころざし》を持って、こうして戻ってきたのですから、お母様もきっとよろこんでいらっしゃるでしょう」

校長先生の言葉は、がちがちに緊張していた碧の心に優しく響いた。

「実習期間中は何かと大変だろうと思いますが、頑張りなさい」

「はい！」

中学生のころはまだ、自分が将来どんな職業に就きたいのか、はっきりとはわかっていなかったと思う。教員だった母は尊敬していたが、同じ道に進みたいと考えるようになったのは、高校に入ってからだ。

ご飯粒ひとつ残さずカレーを平らげた碧は、満足して顔を上げる。

「実習のとき、これ幸いと調査したんだ。給食について」

「なるほど。資料をあたるより現場の声を聞いたほうがリアルだよね」

「実習生はお弁当持参だったから、給食は食べられなかったんだけどね。卒論のテーマにしてるって言ったら、指導担当の先生が協力してくれて」

「そうなんだ。いいなー。助かるよね」

「クラスの子たちにもいろいろインタビューできたからよかったよ」

碧が受け持ったのは二年生のクラスだったのだが、積極的に質問すると、気さくな子はノリノリで答えてくれた。控えめな子もはにかみつつ返事をくれたおかげで、貴重なデータを集めることができたのだ。あとはそれをどうやって活かすかにかかっている。

「そうだ。玉ちゃん、生徒の子に訊《き》かれなかった？」

「何を？」

「先生、彼氏はいるんですかーって」

碧は苦笑いをしながらうなずく。

「ばっちり訊かれた。いないって言ったらなぐさめられたよ」

「実習生相手だと、そういうこと遠慮なく訊いてくるよね。歳《とし》が近いからかな？　でも玉ちゃん、いまは雪村《ゆきむら》さんがいるじゃない」

ふんわりと微笑《ほほえ》んだことみは、碧と大樹《だいき》の関係について知っている。彼女と玲沙には一部始終を話してあるのだ。ことみも玲沙も「ゆきうさぎ」には何度か食事に行ったことがあり、大樹とも顔を合わせている。碧が照れながら打ち明けたときは、ふたりとも自分のことのようによろこんでくれた。

「もうすぐ三カ月になるんだっけ。夏休みはどうだった？」

「何回か一緒に遊んだよ。映画とか買い物とか。あと花火大会」

脳裏《のうり》に先月、浴衣《ゆかた》で出かけた夏の思い出がよみがえる。あのとき大樹は「その浴衣、来年も見たい」と言ってくれた。未来の約束がとても嬉《うれ》しく、心がはずむ。

「うわぁ、うらやましい！　いまがいちばん楽しい時期だね」

「ことみは新しい彼氏、まだつくる気ないの？」

「うーん……。しばらくはいいかな。年内は卒論に集中したいし」

肩をすくめることみは立ち居振る舞いが美しく、服装の好みも上品かつ可愛《かわい》らしい。性格もおっとりしているので、男子学生から人気がある。

碧もこれまで、同じ講義をとっていた男子やゼミ仲間に、なんとかお近づきになりたいから協力してくれと頼まれたことがあった。自分が知る限り、ことみは大学に入ってから同じ学校の人やバイト先の先輩など、二、三人の男性とおつき合いをしていたが、ここ半年ほどはフリーのようだ。

「――そうそう。わたしね、来月から教習所に通うことにしたんだ」

食後のお菓子を分け合って食べているとき、ふいにことみが口を開いた。

「車の免許とるの？」

「うん」

そういえば、自分たちはまだ誰も自動車免許を持っていない。

玲沙は生活費を稼ぐのが最優先で、そちらに回すお金がなかったし、碧はずっと「ゆきうさぎ」のバイトで忙しかった。それに都内は交通網が張りめぐらされているため、あまり必要性を感じなかったからでもある。

「いまのうちにとっておこうかなって思って。夏休みはタイミング逃しちゃったから」

「そっか。就職したら忙しくなるし、ちょうどいいかもね」

「でしょ？　免許がとれたら、三人でどこかドライブに行きたいな。春休みになったら卒業旅行もしようよ」

楽しそうなことみの様子を見ていると、微笑ましく思う一方、心の奥底で複雑な感情が湧き上がる。ひと足はやく内定が出た彼女は、教習所に通える余裕があるし、卒業旅行についても考えることもできるのだ。そう思うとうらやましさを通り越して、妬《ねた》みに近い感情が芽生えてしまう。

――ああだめだ。ことみは何も悪くないのに。

碧はペットボトルを持つ右手に、ぎゅっと力を入れた。

今月のはじめに受けた進学校の面接は、やはり競争率が高くて受からなかった。半ば予想はしていたが、実際に通知を受けとると、精神的なダメージが大きい。ひとつ落ちるたびに、次こそはと思えるような気力が削がれていく気がする。

東京都では教員採用試験のほかに、私学教員適性検査なるものも実施されている。前者は国公立の教員を選考するために行われる。後者はその名の通り、私立校の教員を志望する者が、任意で受けられる統一試験だ。

受験者は名簿に登録され、検査の結果もそこに記される。もし私学の教員に空きが出た場合、担当者は公開される名簿を見て、本人に連絡することがあるのだ。

メールなどで直接やりとりをしたとしても、無条件で雇用されるわけではない。あくまで候補者の扱いで、各校で行われる選考試験に通らなければならないが、自分で学校を探す手間ははぶける。もちろん、適性検査の点数は高ければ高いほど有利だ。

碧は受験資格を満たしていたので、八月に行われた検査を受けていた。少し前に結果が送られてきたが、なかなかの好成績だった。名簿は公開されたばかりなので、いまのところはまだ、お声はかかっていない。

いつ来るかもわからない連絡を待ち続けるだけでは、あまりにも消極的すぎる。そのため碧は、自力で見つけた募集に食いつき、書類を送っていた。しかし面接や学力試験に進むことはできても、合格までにはなかなか至らない。

(この先も就職が決まらなくて、そのまま卒業になったらどうしよう……)

ぞっとした碧は、悪い考えをふり払うかのように首をふった。不採用が続いたからといって、弱気になってはいけない。

「ねえ玉ちゃん」

沈みかけた気持ちをすくい上げてくれたのは、ことみの呼びかけだった。

「今夜、どこかに飲みにでも行かない？　真野ちゃんも誘って三人で」

「あー……ごめん。今日は夕方からバイトがあって」

「『ゆきうさぎ』の？」

「ううん。このまえ話した塾のほう」

碧は今月のはじめから、都築《つづき》に紹介してもらった学習塾で講師のバイトをしている。

もちろん「ゆきうさぎ」の仕事も続けているが、曜日がかぶらないのでかけもちできるのだ。適性検査の受験料は二万だったし、ほかにもスーツや靴、交通費など、就職活動にはとにかくお金がかかる。そのぶんはきっちり稼がなければ。

「バイトがふたつに卒論に就活……。忙しいね」

「まあ、たしかに。でも、塾のバイトってけっこう楽しいよ。教育実習で経験したことが活かせるし、塾長先生は優しい人だしね」

「それならよかった」

ことみが安堵《あんど》の笑みを浮かべたとき、近くに座っていた学生たちが、示し合わせたように席を立ちはじめた。もうすぐ午後の講義がはじまるのだ。

「わたしはもう帰るけど、玉ちゃんはどうする？」

「バイトの時間までは図書館にこもろうかな。読みたい本があるから」

「わかった」

お菓子を食べ終えた碧たちは、間もなくしてカフェテリアを出る。碧は建物の出入り口でことみと別れ、図書館に向かって歩きはじめた。


「玉木さん、今日も遅くまでお疲れさま」

それから三日後の、二十時半過ぎ。授業を終えた碧が事務室で小テストの問題を作成していると、ドアが開いて塾長が笑顔で入ってきた。

湯気立つマグカップを持っていた塾長は、碧の机にそれを置く。

ふわりとただようコーヒーの香り。ミルクも入っているため優しい色合いだ。

「どうぞ」

「ありがとうございます」

塾長は都築の父親の妹で、夫とふたりで学習塾を経営している。

夫婦ともに中高の教員免許を持っていて、十数年の学校勤務を経てから独立し、事業を立ち上げたと聞いた。都築は小規模だと言っていたが、会社として運営され、数人の講師も雇っている。個人経営としては、思っていた以上に立派な塾だ。

(叔母さん夫婦も先生だったなんて……。頭のよさそうな家系だなぁ)

都築はたしか、両親とはあまりよい関係ではなかったはず。しかし、叔母夫婦とは普通に交流しているようだ。

精密な機械のような都築の叔母――いったいどんな人かと思っていたが、実際に会ってみると、物腰がやわらかくおだやかな女性で意外だった。顔立ちも都築とはあまり似ていない。大樹と零一《れいいち》がそっくりだから、あのふたりを基準にしていた。

碧がカップに口をつけると、塾長は隣の椅子《いす》に腰を下ろす。

「玉木さんの授業、生徒の間でわかりやすいって評判よ」

「え、ほんとですか?」

「数学は苦手な子が多いから、教えるのは大変でしょう。実はちょっと心配していたんだけど、玉木さんなら大丈夫そうね。航《わたる》に感謝しないと」

(ワタル……あ、都築さんのことか)

「仕事にはもう慣れた?」

「はい」

「講師のバイトははじめてなのよね? それにしては堂々としているから驚いたわ」

「いえ、内心ではビクビクです。でも教育実習で少しだけ経験を積めたので」

とはいえ自分はまだ学生なので、教壇に立つだけで緊張するし、教え方も下手《へた》だ。それでも塾生たちは、つたない碧の授業を真剣に聞いてくれている。

「たしか面接のときに、お母様が先生をやっていらしたって言っていたかしら。教員はあなたにとっても天職なのかもしれないわね」

嬉しい言葉に、碧は「ありがとうございます」と微笑む。

大手が強い現在、個人経営の塾に生徒が集まるのだろうかと思っていたが、ここには一定数の子どもが通っていた。元は大手の塾に行っていたものの、授業についていけなくなった子や、学校の勉強が遅れ気味な子の親が、すがる思いで頼みに来るらしい。

「勉強嫌いな子に無理強《むりじ》いさせても、余計に嫌がるだけでしょう。まずは苦手意識をとりのぞいて、自分からやる気にさせないと」

面接の際、塾長は碧にそんな話をしてくれた。

「うちはそういう方針だから、進学塾とは違うわね。だから高校受験が目的のお子さんには不向きです」

そのためこの塾に通っているのは、ほとんどが中学二年生まで。三年生になると、受験勉強に力を入れるため、大手の塾に移る子が多いという。そういった子たちは、この塾でしっかり基礎を身に着けているから、最後まで授業についていける。

元塾生たちはいずれも、第一志望の高校に合格している。それがめぐりめぐって塾の評判につながり、信頼も積み重なっていくのだ。

生徒ひとりひとりの面倒を手厚く見て、その子に合わせた勉強法を提案する。そうやって個々の能力を伸ばしていくことが、塾長たちのやり方だった。

「学校教員はとにかく仕事量が多くてね」

昔を思い出したのか、塾長は深いため息をつく。

「担任といえども、クラスのすみずみまで目を配ることはむずかしかったの。その上いじめや保護者のクレームとか、深刻な問題にも対処しないといけないでしょう？　対応を誤ればとり返しのつかないことにもなりかねないから、ストレスも大きくて」

「そうですね……」

「もちろんそれは言いわけで、私の力量不足が悪かったんですけどね。最後はストレスで体を壊してしまって……。でも教えることは好きだから、もっと少人数のクラスで、勉強することの楽しさを伝えたかったの」

そう言った塾長の表情が、かつての母と重なった。

（お母さんも昔、似たようなことを言ってた……）

碧の脳裏に、何年も前の記憶がよみがえる。

あれは自分がまだ小学生のころだっただろうか。母は当時、一年生のクラスを担当していた。そのクラスにひとり、不登校の男の子がいたという。

「学校に行くことが苦痛なら、無理はしなくていいの。本音を言えば、学校は誰にとっても楽しい場所であってほしいけど、現状はそうじゃないしね。だけどそのぶん、勉強が遅れることが気になって……」

結局、その子は母がよい解決方法を見つける前に、親の仕事の都合で転校していったそうだ。彼はのちに高卒認定試験を受け、二年ほど遅れて大学に行ったらしいが、母は自分がその子のために何もできなかったことを、ずっと後悔していた。

「こういうとき、自分の無力さを思い知るのよねえ……」

母は悲しそうに言っていたが、だからといって教員を辞めることはしなかった。

亡くなるまでの二十五年間で、母は数えきれないほどの生徒たちを担当した。思うようなクラスにならず、苦しんだこともあっただろう。

――学校は誰にとっても楽しい場所であってほしい。

現実的に考えればあり得ない理想を、母は追っていたのかもしれない。

碧もそれは夢のようなものだと思っている。自分の中学時代をふり返ってみても、学校がいつも楽しい場所だったとはとても言えない。友だち関係で悩んだこともあったし、相性のよくない先生もいた。それは誰でも一度は経験することだろう。

しかし母は単なる夢想家では決してなく、そんな現実もきちんと思い知っていた。その落差に悩みながらも、生徒たちが少しでも楽しく過ごせるよう、心を砕《くだ》いていたのだ。

教育には、数学のようにたったひとつの正しい答えがあるわけではない。

だから教育者の数だけ、方針が存在する。母は自分の方針に従って、担当した生徒たちの面倒を見てきた。中学生は小学生ほど子どもではなく、高校生ほど大人ではない、とても繊細でむずかしい年頃だ。碧も教育実習という短い期間ではあったが、クラスの子どもたちの中に、その片鱗《へんりん》を見た。

身内の欲目があるかもしれない。それでも、母は間違っていなかったと思っている。

碧はこれまで、母の教え子だというふたりの人と会った。ひとりは現在、高校三年生の女の子で、もうひとりは都築だ。ふたりとも母を慕い、恩師だと言ってくれた。母のおかげで自分は救われたのだと。

母はもういないけれど、教え子にそう言ってもらえるなんて教師冥利《みょうり》に尽きる。自分もいつか、そんな先生になれたらいいなと思う。

「――あら、もう九時近いのね」

ミルクコーヒーを飲み終えるころ、塾長が時計に目を向けた。

「時間外だし、そろそろ切り上げて帰りなさい」

「はい」

資料をまとめて引き出しにしまった碧は、バッグを手にして立ち上がる。

(お母さんと塾長先生の教育方針は、方向性が同じなんだろうな)

母は学校という枠《わく》組みの中でそれを実現させようとした。一方の塾長は学校を出て、みずからの理想を形にしたのだ。どちらの方法にも好感が持てるからこそ、碧はここで働いている間、できる限り塾長の役に立ちたいと思っている。

「気をつけて帰るのよ」

年齢も近いし、雰囲気も少し似ているからだろうか。なんだか母に言われたような気がして、なつかしさとせつなさが入り混じった気分になる。「お疲れさまでした」と返した碧は、ぺこりと頭を下げて、その場をあとにした。


数日後の週末。碧が自宅ではやめに夕食の支度にとりかかっていると、部屋の掃除をしていたはずの父が、嬉しそうな表情でキッチンに入ってきた。

「クローゼットの整理をしていたら、こんなものを見つけたよ」

父が持っていたのは、一枚の色紙だった。

かなり昔のものらしく、ところどころに染みがあり、紙も黄ばんでいる。どうやら寄せ書きのようで、数十人のメッセージが放射状に記されてあった。その中央にはカラフルなマジックで「チャコ先生ありがとう」と書かれている。

「チャコ?」

「知弥子《ちやこ》のあだ名だよ。若いころは生徒からそう呼ばれていたみたいでね」

「へえ……可愛い。何年前だろ」

「たぶん、最初に受け持った三年生じゃないかと思うんだ。そうなると二十五年くらい前になるかなあ」

「そんなに前なんだ。お母さんもまだ二十五、六だよね」

「卒業するときに、クラスのみんなで寄せ書きしたんだろう。これを書いた子たちも、いまは四十歳前後になるのかな。知弥子、ずっと大事にとっておいたんだね」

父と話をしながら、碧はあらためて色紙に目を落とした。

そこには生徒たちひとりひとりが、母に感謝の言葉を記している。大きな文字で「お世話になりました!」とだけ書いている子もいれば、細かくびっしりと文章を綴《つづ》っている子もいる。筆跡もさまざまで、個性が出ていた。

（これもしかして、お母さんの似顔絵かな）

　色紙には、母と思われる人の可愛らしいイラストが添えられていた。絵が得意な生徒が描いたようで、うまく特徴をとらえている。これを描いてくれた人はいま、どんな大人になっているのだろう。

「このころの知弥子は、仕事に関して悩んでいたな。休みの日に呼び出されて、行きつけの喫茶店でよく話を聞いたよ」

「えっ」

　意外な言葉に、碧は反射的に顔を上げた。

「二十五年前でしょ？　お父さんたちってまだ結婚してなかったよね？」

「うん。でもつき合いはあったから」

　両親のなれそめは、父が口にした「行きつけの喫茶店」だ。当時、お互いが住んでいたアパートのちょうど中間地点に、そのお店があったらしい。

「知弥子もまだ若かったし、経験も浅かったからね。三年生は受験があるし、責任も大きかったんだろう。はじめて担当したときは、プレッシャーも相当だったんだと思うよ。なかなか思い通りにいかなくて、苛立《いらだ》っていたこともあったから」

「お母さんが……」

「いつだったか『私は教師に向いていないかもしれない』って、泣きながら言っていたこともあったな……。あのときはなぐさめるのが大変だった」

はじめて聞く話に、碧は驚きを隠せなかった。

若いころの母も、そうやって悩んだことがあったのか。それでもあきらめず、父と結婚してからも仕事を続けていたのは、お金を稼ぐためだけではないだろう。

碧は母の教え子ではないから、母がどんな気持ちで仕事と向き合い、生徒たちと接してきたのかを知らない。しかし都築たちから聞いた話や、今回の色紙に記されていた教え子の言葉から、きっとよい先生だったのだろうと想像している。

そんな母も、理想と現実の落差に苦しみ、涙していたことがあったのか。

碧がめざす道のはるか先を歩いていた母も、最初は高い壁にぶつかっていた。その壁を乗り越えて、生徒に慕われる先生になっていったのだろう。

（……あ、そうだ）

碧はエプロンのポケットから、一枚の往復葉書《はがき》をとり出した。

それは母宛てに届いた同窓会のお知らせで、主催者の手書きで「久しぶりに玉木先生とお会いしたいです」と記されてあった。母が亡くなってからも、何度かこうした通知が来たけれど、そのたびに胸が痛む。

（六年前の春に卒業……ってことは、わたしと同い年なんだ）

母とまた会えるかもしれないと期待している人に、訃報《ふほう》を伝えるのはつらい。母は亡くなりましたと書くたびに、その事実と向かい合わなければならないから。このさびしさは十年、二十年と時が過ぎようとも、薄れることはないと思う。

「碧はこれからバイトか」

「うん。今日は『ゆきうさぎ』だよ」

「じゃあ帰りは十二時過ぎだね」

父がコンロに近づいた。鍋の中には碧がつくったお味噌汁が入っている。

「具はつみれ？」

「里芋のお団子だよ。とろろと片栗粉《かたくりこ》を入れて混ぜたの」

「へえ、おいしそうだね」

お味噌汁には刻みネギもたっぷり加えてある。九月も終わりに近づき、最近は朝晩の気温が下がってきたので、体をあたためてくれる汁物は欠かせない。

おかずはスーパーで安売りしていた鰈《かれい》を煮つけにした。ふっくらとした身と、生姜《しょうが》を利《き》かせた甘辛の煮汁はご飯が進む。野菜もほしいなと思ったので、豆腐《とうふ》と水菜でサラダをつくった。お米は研《と》いでおいたから、あとは炊飯器《すいはんき》のスイッチを押すだけだ。

「それじゃ、そろそろ出かけるね」

「行っておいで。お風呂は洗って沸かしておくから」

「はーい」

エプロンをはずした碧は、いつも使っているお気に入りのポシェットに荷物を入れた。とはいえ近場なので、持っていくものはあまりない。スマホとお財布、ハンカチと、乾燥対策用のリップクリームくらいだ。

就職活動のときや学習塾でのバイトの際は、それなりにメイクをしている。しかし「ゆきうさぎ」で働くときは眉を少し描き足すくらいで、ほぼすっぴんだ。お化粧は大学に入ってから少しずつ覚えていったが、あまり上達はしていない。

飲食店でのバイトは清潔感が第一なので、服装と髪、そして爪の長さには気をつけている。お洒落《しやれ》をする必要はどこにもないが、なけなしの乙女心《おとめ》で、ほんのりと色がつくリップクリームを塗っていた。これくらいなら許されるだろう。

ポシェットを斜めがけにした碧は、自転車の鍵を手に家を出る。

(うわ。思ったより寒い)

今日は長袖《ながそで》のカットソーの上から、アクリルニットのカーディガンをはおっている。夜は冷えるし、もっと厚めの上着にすればよかったかもしれない。

しかし家に戻っている暇はなかったので、碧はマンションの駐輪場から愛車であるオレンジ色のクロスバイクを出し、サドルにまたがった。地面を蹴《け》り、ひんやりとした風を顔に受けながら「ゆきうさぎ」に向かう。

――もう秋なんだなぁ……。

自転車を漕《こ》いでいると、道端にススキが生えていることに気がついた。日没の時間も少しずつ、はやくなっている。夏の気配は過ぎ去り、実りの秋がおとずれていた。

「おはようございます!」

格子《こうし》戸を開けて中に入ると、出入り口に近いテーブル席では、大樹と零一が向かい合って座っていた。こちらに背を向けていた大樹がふり向き、「おはよう」と笑う。

「あっ! 雪村さん、髪ちょっと切りましたね」

「よくわかったな。前髪を少しだけなのに」

「わかりますよー」

好きな人のことなら――――と、碧は心の中で付け加える。零一がいるから、口に出すことはできないけれど。

その零一が、にこにこ笑いながら話しかけてきた。

「今日のバイトは玉木さんか。女の子がいると華やかでいいね」

「零一さん、なんだかご機嫌ですね」

「昨日、日替わりランチが完売したんだ。はじめてだから嬉しくてな」

ここで働きはじめてもうすぐ二カ月になる彼は、少し前から大樹と交代でランチタイムの営業を担当するようになった。

大樹はその空いた時間を使って、新メニューの開発や、食材とお酒等の仕入れ、そしてこまごまとした事務作業などを行っている。これまでは仕事の合間や定休日に作業していたため、余裕ができて助かっているそうだ。

零一が入ったことをきっかけに、大樹は「ゆきうさぎ」での新しい事業について考えてもいた。定休日の撤廃や、料理の宅配サービスなどが候補に挙がっている。

もちろんすぐに手をつけるわけではなく、今後の売り上げを見ながら、実現可能なものは時間をかけて準備をしていくという。どれかが実現するとしても、おそらくは来年以降
――碧が「ゆきうさぎ」のバイトを卒業してからになるだろう。

「じゃあ大樹、そういうことで頼むよ」

「わかりました」

席を立った零一が、母屋のほうへと戻っていく。テーブルには卓上カレンダーが置いてあるから、シフトについて相談していたのだろうか。

「十一月の予定を話し合ってたんだよ。めぐみさんの結婚式があるから」

「ああ、そっか。雪村さんも一緒に行くんですよね？」

「うちの母親と三人でな。旅館《じつか》は父親と弟夫婦で回すってさ」

零一のひとり娘であるめぐみは、婚約者ともども長崎県に住んでいる。大樹とその母はめぐみとまだ会ったことがないため、この機会に顔を合わせようと約束したらしい。飛行機を使うとはいえ、さすがに日帰りは厳しいだろう。

「お店は閉めるんですか？」

「二日間だけ臨時休業になるかな。その代わりに年末は大晦日《おおみそか》まで営業して、とり返そうと思ってる。商店街でも、最近は三十一日までやってる店が多いし」

「そうですね」

「タマも予定が決まったら、できるだけはやめに教えてくれ。シフト表つくるから」

従業員のスケジュールを組むのも、店主としての重要な仕事だ。カレンダーはまだ九月だが、大樹はすでに年末のことまで考えている。

(年末か……)

そのころまでに、自分の就職は決まるだろうか。できることならすがすがしい気持ちで新しい年を迎えたい。

「そういやタマ、もうひとつのバイトは楽しくやってるか？」

「はい！　生徒の子たちは可愛いし、何より塾長先生がとってもいい方なんですよ。教育方針にも共感できるし。実習の経験が活かせて嬉しいです」

「へえ……。じゃあ就活のほうは？　よさそうな学校、見つかったか？」

「あ、その……ええと」

不採用が続いているとは口に出しにくく、碧は言葉を探して視線をさまよわせた。

気を遣ってくれているのか、大樹はこれまで就活についての話題はふってこなかったのだ。余計な心配をかけたくないので、碧もその話題を意図的に避けていた。

（でも、本当は雪村さんも気になってるよね）

――正直に現状を伝えるべきなのか。それとも……。

戸惑う碧を見て、大樹は何かを察したのか「ごめん」と言った。悪いことを訊いたと思わせてしまっただろうか。自分が不甲斐《ふがい》ないだけなのに。

「あの、雪村さ――」

「さてと。それじゃ仕込みの続きをするかな」

気まずくなった空気を払うためか、大樹が明るく言って立ち上がった。話題を蒸し返すのもなんだったので、碧は気持ちを切り替える。

「わたしもお手伝いしますね」

「ああ、頼む」

碧はいつものようにエプロンをつけ、手を洗ってから厨房《ちゅうぼう》に入った。

店内には大小ふたつの厨房があり、それぞれ使い分けている。料理の下ごしらえはお客の目に触れない、裏の大きな厨房で行い、カウンターの内側にある簡易厨房で仕上げをしていた。裏には業務用の冷蔵庫やオーブンといった、大型の電化製品が置いてあり、お酒を貯蔵する小さな部屋にもつながっている。

大樹は碧に今週のお品書きを見せてくれた。

「新メニューの『牛肉のパイ包み焼き』っておいしそうですね」

「タマはまだ食べたことないよな。これ、零一さんがレシピを考えたんだよ」

「え、そうなんだ。それはぜひとも味見したい」

最近は和食に限らず、洋風の料理もぽつぽつとお品書きに載るようになってきた。

牛肉のパイ包み焼きは、零一が仕込みの時間に生地をつくり、いつでも使えるようにストックしているそうだ。碧は市販のパイシートしか使ったことがないけれど、やはりプロの手づくりは、味も食感も違うのだろう。

「煮込みはさっき零一さんがつくっておいてくれたから……」

大樹はコンロの上に置いてあった鍋の蓋《ふた》を開けた。隣からのぞきこんだ碧は、赤ワインやコンソメを使い、じっくり煮込んだという牛肉を見て、ごくりと唾《つば》を飲む。

「なんて濃厚な色……。ワインの香りも魅力的」

「つまみ食いはだめだからな」

からかうように釘を刺した大樹は、碧に冷蔵庫からパイ生地を出してくれと言った。冷凍庫にあったものを移し、解凍していたらしい。

「パイ生地って、手づくりするのむずかしいですよね」

「そうだな。俺もあまり詳しくない。うちでは零一さんしかできないよ」

ひとことでパイ生地と言っても、その種類は大きくふたつに分かれている。

小麦粉と塩、水でつくった生地《デトランプ》にバターを折りこみ、層を生み出す折りパイと、粉と油脂《ゆし》を練り上げてつくる練りパイである。零一がつくっていたのは「フィユタージュ」と呼ばれる折りパイで、サクサクとした軽い食感を楽しめるそうだ。

「タマ、そこに粉をふって」

「おまかせあれ！」

大樹は碧が打ち粉をした台の上に、解凍したパイ生地を置いた。薄く伸ばして長方形にカットし、それぞれに牛肉の煮込みを載せていく。

生地の縁には卵黄を溶いたものを塗って接着剤にして、切りこみを入れたもう一枚の生地をかぶせた。形をととのえた生地はクッキングシートを敷いた天板の上に置き、ツヤを出すために表面にも卵液を塗っていく。

準備ができると、大樹は予熱しておいたオーブンに天板をセットした。十数分が経過するころには、パイが焼ける香ばしい匂いが厨房に充満する。

「いい香り……。ああもう、どうしよう。お腹《なか》がすいてきちゃった」

碧がオーブンの前でそわそわしていると、その様子を見ていた大樹が苦笑した。

「しかたないな。ひとつ味見してみるか?」

「いいんですか? 雪村さん大好き!」

「はいはい」

やがてパイ包みが焼き上がると、大樹はそのうちのひとつを半分に割り、ぐさりとフォークを突き刺した。それを碧の口元に持っていく。

「ほら、口開けて」

お行儀が悪い――――とは思ったが、焼きたてパイの魅力には逆らえない。軽く息を吹きかけてからかぶりつくと、幾重にも折りこんだ生地が、さくっと小気味よい音を立てた。バターの香りが鼻を通り抜け、熱々の牛肉煮込みが口の中でとろける。

「最高です……！」

「それは何より」

頬を押さえてうっとりする碧を、大樹が楽しそうな表情で見つめている。

そんな幸せなひとときを挟みつつ、仕込みは順調に進んでいった。


それから数時間後――

閉店まであと一時間となったとき、格子戸が開いてひとりのお客が入ってきた。

「こんばんは……あれ、今日は碧さんがいるのか」

「都築さん、いらっしゃいませ。お仕事の帰りですか？」

「ええ。少しだけ残業するつもりがこんな時間に」

都築が勤めている予備校は隣の駅が最寄りだが、彼は月に二、三度「ゆきうさぎ」で食事をしている。通いはじめてからもうすぐ一年になるだろうか。

スーツ姿の都築がカウンター席に着くと、碧はあたためておいたおしぼりと熱いほうじ茶を出した。お茶を一口飲んだ都築は、きっちり締めていたネクタイをゆるめ、ほっとしたような表情になる。

「最近は夜になるとぐっと冷えこむようになりましたね」

「こういう日はあったかいお料理が食べたくなるでしょう」

「たしかに。何かおすすめはありますか？」

碧は待っていましたとばかりに、両目をきらりと光らせた。

「それはもちろん、この『牛肉のパイ包み焼き』ですよ！　パイ生地は手づくりだし、中に入ってる牛肉の煮込みは、ワインの香りが上品でおいしいです。使っているのはすね肉で、時間をかけて煮込んでますから、とろけるようにやわらかいですよ」

全力でおすすめすると、都築は「そうですか」と口角を上げた。

「プレゼンがお上手《じょうず》ですね。試してみたくなりました」

「ありがとうございます！」

「牛肉なら、飲み物は赤ワインがよさそうだな。――雪村さん、料理に合いそうなものがあれば、ボトルでいただけますか？　あまり高価なものは無理ですが」

「都築さんはフルボディがお好きでしたね。少々お待ちください」

甘口や辛口で表現される白ワインに対して、赤ワインはボディという言葉が使われている。フルボディは渋みがあって味が濃く、重厚感のあるワインを示す。

大樹が裏でワインを選んでいる間、碧はパイ包みをトースターで軽くあたためた。焼きたてではないが、こうすればさっくりとした食感が戻ってくる。洋食器に盛りつけて温野菜を添え、クレソンで飾れば完成だ。

「お待たせしました」

都築の前にお皿を置くと、彼はナイフとフォークを手にとった。パイ包みをナイフで切り分け、フォークで刺して口に運ぶ。ゆっくりと味わってから顔を上げた都築は、満足そうな表情で「おいしいです」と言った。

「碧さんが言っていた通り、牛肉がとてもやわらかい」

「でしょう！　具材を変えればいろいろな味が楽しめますよね。白身魚とかチキンとかでもおいしそうだし。個人的にはカレー味のミートパイが食べたいです」

「あなたらしい願望ですね」

都築がふっと笑った。やわらかな笑顔は、どこか塾長に似ている気もする。

「ちなみに都築さんはどんなパイが好きですか？」

「パイ自体、あまり食べないのですが……。強いて言えば卵やベーコンが入っているものがいいですね。あとはチーズを使ったものも好きです」

「甘いのはどうですか？　アップルパイとか」

「りんごは……嫌いです」

思いのほか低い声音《こわね》で返されて、碧は「えっ」とうろたえた。我に返った都築は気まずそうに視線をそらし、無意味に眼鏡を押し上げる。

「……すみません。りんごにはあまりいい思い出がなくて」

「いえいえ、こちらこそ変なこと訊いちゃってごめんなさい」

（何か嫌なことでもあったのかな……）

りんごの食感や噛《か》んだときの音が苦手な人はいるが、都築の場合は精神的な理由のようだ。気にはなったものの、お客のプライベートに首を突っこむわけにはいかない。

碧が言葉を探していると、ワインボトルを手にした大樹が戻ってきた。いかり肩のような形をした、ボルドー型の瓶《びん》である。大樹はボトルに貼りつけられている「エチケット」と呼ばれるラベルを都築に見せた。

「チリ産のカベルネ・ソーヴィニヨンです。この銘柄《めいがら》はリーズナブルな価格なので、テーブルワインとして気軽に飲めますよ。残った場合はお持ち帰りもできます」

「いいですね。じゃあそれを」

都築の許しを得た大樹は、ソムリエナイフを使い、慣れた手つきでコルクを抜いた。磨きこまれたグラスに赤ワインをそそいでいく。

「どうぞ」

深みのある色合いのワインで満たされたグラスを手にとった都築は、飲み口を鼻先に近づけた。しばし香りを楽しんでから、ゆっくりと口に含む。

「……うん、好みの味だ」

「渋みが強くてコクがあるので、濃い味つけの牛肉とよく合いますよ。この組み合わせは王道のマリアージュと言われているくらいですから。ごゆっくりどうぞ」

都築はしばらくの間、ひとりで優雅に食事を楽しんでいた。邪魔をしてはいけないので碧と大樹はむやみに話しかけたりはしない。やがて料理を完食した都築は、デザートメニューの中から無花果《いちじく》のシャーベットを注文し、これも時間をかけて味わっていく。

「――そういえば、碧さん」

ラストオーダーの時刻が過ぎ、お客が都築ひとりになったとき、シャーベットを食べ終えた彼が話しかけてきた。

「昨日、叔母と会ったんですけど、あなたのことを褒《ほ》めていましたよ」

「え、ほんとですか?」

「教え方も丁寧だし、生徒に対しても親身になって接してくれるとよろこんでいました。バイトにしておくにはもったいないとも言っていましたね。できることなら、あなたのような人と一緒に働いてみたいと」

「塾長先生がそんなことを……」

「でも残念ながら、いまは新しい社員を雇う余裕はないそうで」

「……ですよね」

少しだけ期待してしまい、碧は自嘲《じちょう》気味に笑った。

もしもこの先、学校の先生になることができなかったとしたら。

そのときは、塾長のような教育方針を持つ人のもとで働くのもいいかもしれないと思ったのだ。しかし自分はあくまで臨時のバイトに過ぎず、休職していた講師が戻ってくればそこで交代となる。

――やはり、道は自分の力で切り開かなければならないのだ。

「お役に立てなくてすみません」

「そんな、都築さんがあやまることじゃないですよ」

彼が肩を落とす必要なんてどこにもない。むしろ……。

「都築さんには感謝してるんです。講師のバイトを紹介してもらえたおかげで、いい経験ができたんですから。就職についてはその……卒業まではまだあるし、それまでになんとか雇ってもらえそうなところを見つけます」

「そうですか。何か力になれそうなことがあったら、なんでも言ってくださいね」

「ありがとうございます」

自分を気遣ってくれる都築に、碧は心をこめてお礼を伝える。

「ところで碧さん、いまの時期は卒論にもとりかからないといけないでしょう。どんなテーマにしたんですか？」

「数学とはあんまり関係ないんですけど、わたしは――」

同じ教科を専門にしていることもあって、今度は卒論の話題で盛り上がる。

そんな碧と都築の姿を、大樹が複雑な表情で見つめていた。


それからしばらくして閉店時刻となり、都築は「ごちそうさまでした」と言って支払いをすませ、店をあとにした。

「雪村さん、わたし暖簾《のれん》とりこんできますね」

「いいよ、俺がやる。タマは食器の片づけをしておいてくれ」

少し外気に触れたかったので、大樹は格子戸を開けて外に出た。

二十三時ともなると、さすがに周囲は静まり返っている。店の前にある道路はたまに車が通るくらいで、人もほとんど歩いていない。

ひんやりとした夜風が頬を撫《な》で、どこからか虫の声が聞こえてくる。秋の到来を肌で感じながら、大樹は暖簾を吊《つ》るしていた竹竿《たけざお》に手を伸ばした。

（タマと都築さん、楽しそうだったな……）

脳裏によみがえったのは、話に花を咲かせるふたりの姿。あのときに覚えた疎外感《そがい》を思い出すと、心の奥がもやもやとして、すっきりしない気分になる。

碧が都築の紹介で講師のバイトをすることは、事前に本人から聞いていた。紹介者が碧に好意を持つ人物だということは気にかかったが、彼女にとっては貴重な体験になるだろうと思い、頑張れよと言って送り出した。

さきほど聞いた話だと、碧はもうひとつのバイト先でも真面目に働き、塾長の信頼も得たようだ。それはよろこばしいことなのだが……。

「タマちゃんが何かの相談に乗ってもらったとか言ってたな」

少し前、商店会の八尾谷《やおたに》会長から聞いた話を思い出す。

今月のはじめ、碧と都築はふたりで「くろおや」にいたらしい。都築の名前は出なかったが、特徴からして彼だと思う。

碧はスーツを着ていたというから、どこかに面接に行った帰りだったのだろう。どのような経緯で都築と会ったのかまではわからないが、碧は彼になんらかの相談を持ちかけたのだ。――自分ではなく。

(タマの悩みといったら……やっぱり就活についてか)

暖簾をとりこんだ大樹は、竹竿を持って中に戻る。碧は厨房の流しで、せっせと食器を洗っていた。誰も見ていなくても、ひとつのことに一生懸命とり組む姿は好ましい。

しかし彼女は自分の就職活動について、大樹には何も話してくれない。

急病で教員採用試験が受けられなかったとき、これからどうするつもりなのかは教えてくれた。しかしそれから現在まで、何をしていたのかはわからない。就職が決まればすぐに知らせてくるはずだし、あまりうまくいってはいないのだろうと思う。

自分と碧は、根っこの気質が似ている。だからお互い、似たような考え方をする。

前からなんとなく感じていたが、碧は自分に遠慮しているというか、気を遣い過ぎることがある。とはいえ、もし自分が碧の立場だったら、好きな相手に弱音を吐いて迷惑をかけたくないし、余計な心配もさせたくないと思うだろう。

つまり碧だけではなく、自分も彼女に遠慮して、気を遣い過ぎているのだ。

相手の負担になりたくないと思うあまり、言いたいことが言えずにいる。つき合いはじめてもうすぐ三カ月になるし、これからも長く関係を続けたいのなら、遠慮という名の壁はこのあたりで壊しておいたほうがいいのかもしれない。

お互いを気遣う姿勢は大事だけれど、ときには素直な気持ちをぶつけないと、本当の意味でわかり合うことはできない。碧が食器を洗い終え、棚に戻したところを見計らい、大樹は「タマ」と呼びかけた。

「今日は家まで送るよ」

「でもわたし、自転車で来てますけど……」

「送りがてらに話したいことがあってさ。自転車は俺が押していく」

エプロンをはずした大樹は上着をはおり、碧と一緒に店を出た。格子戸に鍵をかけ、碧が乗ってきた自転車を押しながら、並んで歩きはじめる。

「寒くないか?」

「大丈夫ですよー」

通りには自分たち以外、誰もいない。聞こえてくるのは虫の鳴き声くらいだ。

「……タマは、都築さんに就活の相談をしたのか?」

「えっ」

口火を切ると、隣を歩いていた碧が驚いたように声をあげた。八尾谷会長から聞いたと言うと、納得したような表情で「そういえば『くろおや』で会いました」と答える。

「都築さんとは面接の帰りに偶然会って……」

碧はやはり就活がうまくいっていないらしく、その日もあまり手ごたえを感じることができず、落ちこんでいたという。そんなときに都築と顔を合わせ、同じ分野で働く先輩として、話を聞いてもらったそうだ。

「ごめんなさい。都築さんと会ったこと、話しておけばよかったですね」

「いや……」

気にするな———と言いかけて、考える。会長から話を聞いたとき、少なくともいい気持ちはしなかった。年上の余裕をただよわせ、いい人ぶった理解のある男になろうとしたが、やはり自分の本心はしっかり伝えておくべきだろう。

大樹は頭の中で言葉を選びながら、ゆっくりと口を開く。

「正直に言うと、悔しかったかな」

「悔しい？」

「都築さんには大事なことを相談したのに、俺には何も言わなかっただろ。心配させたくないって思ったのかもしれないけど、俺じゃ役に立たないのかって……」

「えっ、そんなことありませんよ！」

「タマと都築さんは同じ道にいるから、話も合うだろ？　そこに俺が入っていけないことも悔しかった」

大樹は碧と同じ道を歩んでいるわけではないから、彼女が興味を持っているものが、いまひとつ理解できないことがある。だから都築のほうが碧と気が合い、深い話で盛り上がれるのだろうかと思うと、悔しいと感じるのだ。

「要は嫉妬《しっと》だよ。いい歳してみっともないけどな」

こんな話を聞かされた碧は、果たして何を思っただろう。

自嘲をこめて笑ったとき、碧が足を止めた。大樹もつられて立ち止まる。

「みっともなくなんてないですよ」

「え?」

「わたしだって嫉妬のひとつやふたつくらいします」

あまり認めたくないのか、碧は気まずそうな表情で、それでもはっきりと言う。

「先に就職を決めた友だちとか、わたしが落ちた試験に受かった人とか……。雪村さんは人気があるから、アプローチしてくる女性のお客さんを見たときも、やっぱりもやっとしちゃいます。表にはなるべく出さないようにしてますけど」

「……そういうものか」

「そういうものです。人間ですから」

うなずいた碧は、大樹の隣に立った。そっと腕に触れ、顔を上げて目を合わせる。

「本音、聞かせてくれてありがとうございます。これからはいまみたいに、言いたいことは遠慮しないで言ってください。わたしもそうしますから」

「それがいいな」

「我慢はしなくていいですからね」

彼女とはこれからも、こうやって自分の気持ちを伝えながらつき合っていきたい。

自然と微笑み合った大樹と碧は、さきほどよりも近くで寄り添いながら、ふたたび歩きはじめたのだった。


それから数日が経過した、十月最初の定休日。

大樹は碧を家に招き、台所で一緒に昼食の支度をしていた。

「零一さんは何時ごろ帰ってくるんですか?」

「はやくても夕方になるって言ってたよ。合羽橋《かっぱばし》の道具街を見て回ってから、紫乃《しの》さんの見舞いに行くんだってさ。合羽橋は前から行きたかったらしくて」

「実はわたしも気になってるんですよね。食器屋さんめぐりがしたいんです。食品サンプルの製作体験もしてみたくて」

「蠟《ろう》でレタスとか天ぷらとかつくるやつだな。今度の休みに行ってみるか」

「いいんですか？　うわぁ、楽しみ！」

楽しそうに声をはずませた碧は、酢と砂糖、そして塩をボウルで混ぜ合わせる。大樹はその隣で、香りのよい大葉を千切りにしていった。

昼食のメニューはどうするかを訊くと、少し考えた碧は「久しぶりにちらし寿司《ずし》が食べたいな」と言った。玉木家ではお祝い事のときにつくる定番のごちそうで、ひな祭りやクリスマス、家族の誕生日などに、母親がはりきって腕をふるってくれたらしい。

「それ以外のときでも、リクエストすればつくってくれたんですよ。最後に母のちらし寿司を食べたのは、大学に合格したときだったな」

そのときのことを思い出したのか、碧はなつかしそうに目を細める。

「だからわたしにとって、ちらし寿司はすごく縁起のいいお料理なんです。ここはひとつそれを食べて、験《げん》を担ごうかと」

暦《こよみ》は十月になったが、碧の就職はいまだに決まっていない。

秋は卒論の執筆にも本腰を入れてとり組まなければならないし、それまでには落ち着いていたかっただろう。これればかりは努力だけでどうにかなるものでもないが、あきらめずに頑張ってほしいと思う。

「雪村さん、寿司酢はこれでいいですか？」

「ああ。それじゃ、次にひき肉を炒《いた》めておいてくれ。そぼろにするから汁気がなくなるまでな。ひき肉は冷蔵庫に入ってる」

「はーい」

冷蔵庫の扉を開けた碧は、中から牛ひき肉のパックをとり出した。大樹がフライパンをコンロに載せると、碧は砂糖や醤油《しょうゆ》、みりんを使い、牛ひき肉を炒めていく。熱で溶けだした脂《あぶら》がじゅわっと音を立て、肉が焼けるいい香りが広がった。

「これだけでも立派なおかずになりますね」

そぼろができると、今度は大樹がコンロの前に立ち、あらかじめ溶いておいた卵をもうひとつのフライパンに流し入れた。薄く広げてさっと火を通し、焦げ目がつく前にとり出して粗熱《あらねつ》をとる。

「雪村さんの薄焼き卵、さすがプロ！　わたしがつくると焦げるか破れるかで」

「いくつかコツがあるんだよ。フライパンの温度とか」

薄焼き卵を何枚か焼いた大樹は、それらを重ねて千切りにした。ちらし寿司には欠かせない錦糸《きんし》卵の完成だ。それから絹さやの筋をとって茹《ゆ》で、矢羽根《やばね》の形に飾り切りにする。さらに海老《えび》にも火を通しておいた。

下ごしらえが終わるころ、炊飯器から炊き終わりを知らせるメロディが流れてきた。

蓋を開けた大樹は、炊きたての白米を飯台に移し、碧がつくっておいた寿司酢を全体に回しかける。刻んでおいた大葉を加え、しゃもじを使って混ぜていると、碧がうちわでご飯をパタパタとあおいでくれた。

「へえ、気が利くな」

「前に玲沙やことみと、こうやってお寿司をつくったことがあるんですよ。あのときはちらし寿司じゃなくて、手まり寿司だったけど」

「花見の季節じゃなかったか？　写真を見た気がする」

「そうそう。スマホで撮って雪村さんにも送りましたよね」

そんなことを話しているうちに、大葉入りの酢飯ができあがる。

酢飯はダイニングテーブルの上に置いていたパウンドケーキの型に、ひき肉を真ん中に挟みこむ形で敷き詰めていった。それから用意していた大きな皿の上にひっくり返し、軽く形をととのえる。

「やっと盛りつけですね！　これを楽しみにしてたんですよ」

酢飯の土台を見て、碧が目を輝かせる。

好きにしていいぞと言うと、碧は下ごしらえをしておいた具材を、嬉しそうに飾りつけていった。錦糸卵を敷いてから、スモークサーモンを巻いてつくった薔薇《ばら》、茹でた海老に絹さや、そしてイクラを彩りよく配置していく。

「――できた！　こんな感じでどうでしょう」

「色合いもきれいだし、いいんじゃないか？　美味《うま》そうだ」

完成したのは、碧の手によって美しく飾りつけられた、長方形のちらし寿司ケーキ。せっかくだからより豪華にしたいという碧の希望で、このような形に仕上がった。この手の料理は前にもつくったことがあるが、華やかで写真映えすると思う。

「とりあえず、可愛くできたから記念写真を……」

スマホのカメラを構えた碧が、ちらし寿司ケーキを写真におさめる。どさくさにまぎれて自分の写真まで撮られてしまい、「おいおい」と肩をすくめた。

「ふふふ。公開したりなんてしませんよ。わたしだけの秘密です」

スマホを胸に抱いた碧が、にんまりと笑う。

（……まあ、いいか）

楽しそうな碧の表情を見ていると、咎《とが》める気は失せてしまう。

「さて。ではさっそくいただきましょう！」

「もう食べるのか？」

「鑑賞はしましたからね。あらゆるお料理はおいしく食べるためにあるんです」

ずばりと言い切った碧が、ちらし寿司ケーキを客間に運んだ。

その嬉しそうな様子にこちらも楽しい気分になりながら、大樹は先につくっておいたすまし汁をふたりぶん、お椀《わん》によそう。ちらし寿司ケーキを切り分けるためのナイフと取り皿もお盆に載せ、客間に向かった。

座卓を挟んで向かい合った大樹と碧は、ちらし寿司ケーキが崩れないよう、慎重に切り分けて取り皿に移した。酢飯を一口食べた碧は、幸せそうに表情をほころばせる。

「ああもう、最高……!　やっぱりお寿司はおいしいですねえ」

「少しは充電されたか?」

「少しどころか満タンですよ。明日からまた頑張れそうです」

大樹は「それはよかった」と笑った。碧を元気づけるために、上質の食材を惜しげもなく使ったのだが、効果があったようで何よりだ。

これからも、彼女が落ちこんだときは料理をつくろう。自分にできることはそれくらいだが、この笑顔を見るためならば、よろこんで腕をふるう。

秋晴れのようにすがすがしい、そんな午後のひとときだった。

終章　未来を見据える店仕舞い

支度中

十月三日、十六時四十五分。

「――おい、こんなところでうたた寝してたら風邪《かぜ》ひくぞ」

「んー……？」

肩を軽くゆすられて、碧《あおい》はゆっくりとまぶたを開いた。その動作で、自分がいままで眠っていたことを知る。

「よく寝てたなあ」

「！」

聞き覚えのある声で覚醒《かくせい》し、突っ伏していた座卓からがばっと顔を上げる。

目が合ったのは大樹《だいき》――ではなく、紺色の上着をはおった零一《れいいち》だった。一瞬、何が起こったのかわからず混乱したが、わずかな間を置いて思い出す。

（ええと……さっきまで雪村《ゆきむら》さんとドラマを観てたよね？）

ちらし寿司《ずし》ケーキをおいしく完食してから、碧は客間のテレビで、大樹と一緒に再放送されていた昔のドラマを観ていた。あいにく内容は少々退屈で、その上お腹《なか》がいっぱいだったため、いつの間にか寝てしまったらしい。

「あれ、雪村さんは」

「そこ」

零一があごをしゃくる。畳《たたみ》の上では、大樹が折り曲げた座布団を枕にして、静かに眠っていた。どうやらふたりそろって寝落ちしたようだ。

「それにしても、いい歳《とし》の男女が一緒にいるってのに、ふたりしてグースカ寝こけるだけとは……。平和というか色気がないっていうか」

「な、何を言ってるのかわかりません。わたしたちは別に」

「いや、バレバレだから。ほかは知らないが、俺はとっくに気づいてたぞ」

あっさり見抜かれてしまい、碧はぎょっとして目を剝《む》いた。まさか大樹の身内であるこの人に知られてしまうとは。恥ずかしすぎて穴があったら入りたい。

「あ、あの、零一さん。このことはどうかご内密に」

「わかってるよ。俺だってそこまで悪趣味じゃないからな」

うろたえる碧に、零一はおだやかな笑みを見せる。

「まあ、いいんじゃないか？　これからもその調子でのんびりやっていきなよ」

「はい……」

真っ赤になった碧がうなずくと、話し声が聞こえたのか、大樹がのっそりと起き上がった。ぼんやりとした表情で前髪をかき上げる。

「お、大樹も起きたか」

「え……って、零一さん!?　出かけてたはずじゃ」

「ちょっと前に帰ってきたんだよ。合羽橋《かっぱばし》はなかなかおもしろいな。掘り出し物がたくさんあったし、一日いても飽きそうにない」

「そ、そうですか」

甥《おい》っ子の反応を愉快そうに観察していた零一は、意味ありげに笑って言う。

「玉木《たまき》さんにも言ったがな。おまえたちのことは秘密にしておくから心配するな」

「え？　それって……」

その言葉を聞いた大樹もやはり、驚いたように目を見開いた。碧と顔を見合わせて、

「零一さんならまあ、大丈夫だろ」と苦笑する。

「でもそういうことなら、俺もはやめにこの家を出たほうがいいのかねえ」

「いや、別にそんな気を回さなくてもいいですから……」

零一も帰ってきたことだし、碧は十七時になる前にお暇《いとま》することにした。

「雪村さん、今日はありがとうございました。一緒にお料理できて楽しかったし、ちらし寿司もすごくおいしかったです」

「そうか。だったらまた遊びに来いよ」

「はい！」

夕食の支度をするには少しはやいし、せっかくだから樋野《ひの》神社に寄っていこうか。雪村家を出た碧は、普段はまっすぐ進んでいる道を左に曲がる。

鳥居をくぐって中に入ると、手水舎《ちょうずや》に寄って身を清めてから拝殿に向かった。お賽銭《さいせん》を納めて大きな鈴を鳴らしたあと、お辞儀をして柏手《かしわで》を打つ。

（どうか就職先が見つかりますように……）

数年前、大学の教育学部を受けると言ったとき、母はあまりよい顔をしなかった。よろこんでくれるだろうと思っていたから、あのときは意外だった。でも、いまなら母の気持ちがわかる。教師という仕事がどれだけ大変なのかを、母は身をもって知っていたからだ。生半可な気持ちならやめたほうがいいと、厳しい口調で言われた。

自分はそこで引き下がらなかったため、母はそれならばと応援してくれた。第一志望の大学に合格したときは、自分のことのようによろこんでいた。

――やっぱりわたしは、お母さんと同じ道に進みたい。

教育実習や塾講師のバイトを経《へ》て、その気持ちはさらに強くなった。学校は誰にとっても楽しい場所であってほしい。そんな母の理想を自分も追いかけたいと思う。

夕焼け空の下、神社の中には何匹かの猫たちがいたけれど、武蔵《むさし》と虎次郎《こじろう》の姿はなかった。神社を出た碧は、商店街で夕食の買い物をしてから自宅に帰る。

「ただいまー」

誰もいない家に向けて挨拶《あいさつ》をした碧は、靴を脱いで中に入った。

キッチンに行ってエコバッグを肩から下ろしたときだった。ポシェットの中からメールの着信を知らせる電子音が聞こえてくる。

アプリのメッセージではなく、メール……?

はっと息を飲んだ碧は、ポシェットの中からスマホをとり出した。

画面を表示させると、私学教員適性検査の連絡用に登録しておいたアドレスに、一通のメールが届いている。大きな緊張と湧き上がる期待に鼓動《こどう》を高鳴らせながら、碧は受信メールを開いた。

「…………」

そこに書かれていた文章を読んだ碧は、思わずスマホを胸に抱く。

『ぜひ一度、玉木さんとお話をしたいと思っております。

ご都合のよろしいときに、当校まで見学にいらしてください』

面接の申し込みとともに記されていた言葉が、きらきらと輝いているように見えた。

小料理屋「ゆきうさぎ」

特製レシピ

ちらし寿司ケーキ

材料(2~3人分)

米 ･････････････ 2合

※寿司酢(作りやすい分量)

A★砂糖 ･･････ 80g

★塩 ･････････ 40g

★酢 ･････････ 220cc

↑ここから1合につき40cc、計80cc使う。日持ちがするので、多めに作っておくとよい。

青じそ ･･･････････ 10枚

牛ひき肉 ･･･････ 200g

B★砂糖 ･･････ 小さじ1

★みりん ･････ 大さじ1

★しょうゆ ････ 大さじ1/2

卵 ･･･････････････ 2個

C★塩 ･･･････････ ひとつまみ

★砂糖 ････････ 小さじ1

絹さや ････････････ 8枚

エビ ･････････････ 8尾

スモークサーモン･･･ 4枚

イクラ ････････････ 30g

下準備

前日にA★を合わせ、よく混ぜて溶かしておく。

作り方

① 米を固めに炊き、炊き上がったら寿司酢を回しかけ、全体を手早く混ぜる。粗熱が取れたら、千切りにした青じそを混ぜ込み、濡れふきんをかけて、1～2時間ほどおく。

② テフロンのフライパンで牛ひき肉を炒める。だいたい火が通ってポロポロになったらB★で味つけし、汁気がなくなるまで炒め、冷ましておく。

③ 卵を溶いてC★と合わせ、薄焼き卵を焼き、冷めたら千切りに。

④ 絹さやをゆでて氷水に取り、冷えたらすぐ水気を拭き、矢羽根の形に切る。

⑤ エビの背ワタを抜いて殻ごとゆで、粗熱が取れたら殻をむく。

⑥ パウンドケーキ型、牛乳パック、保存容器などの四角い型にラップを敷き、端を外に垂らしておく。

⑦ 型に酢飯→②→酢飯の順に敷き詰め、少し押して形を整える。

⑧ 型から出して皿にのせる。

⑨ ③の錦糸卵をのせ、スモークサーモンを巻いてバラの形にして飾り、エビ、絹さや、イクラをのせてできあがり。

※この作品はフィクションです。実在の人物・団体・事件などにはいっさい関係ありません。

集英社オレンジ文庫をお買い上げいただき、ありがとうございます。
ご意見・ご感想をお待ちしております。

● あて先
〒101-8050　東京都千代田区一ツ橋2-5-10
集英社オレンジ文庫編集部 気付
小湊悠貴先生

ゆきうさぎのお品書き

母と娘のちらし寿司

集英社
オレンジ文庫

2018年11月25日　第1刷発行
2019年 6 月19日　第2刷発行

著　者　小湊悠貴
発行者　北畠輝幸
発行所　株式会社集英社
〒101-8050東京都千代田区一ツ橋2-5-10
電話【編集部】03-3230-6352
【読者係】03-3230-6080
【販売部】03-3230-6393（書店専用）
印刷所　凸版印刷株式会社

※定価はカバーに表示してあります

ISBN 978-4-08-680219-2 C0193